피
고

지
고

꿈

그래도 **보따리 강사로** 산
―
다

피
고
지   강정화
고
꿈

yeon
doo

차례

○ 프롤로그

"오늘 어디 가시나 봐요."

유치원 버스 앞에서 만난 아이 친구 엄마가 물었다. 어제는 트레이닝복 차림이었는데 오늘은 출근하는 복장이라 달라 보였기 때문일 것이다. 그냥 그렇다고 답할까, 아니라고 할까, 조금 주저하다 말했다. "오늘은 일 가는 날이라서요."

일하는 엄마라고 말하는 것을 꺼리는 건 아니다. 그래도 누가 물어보지 않는 이상 굳이 워킹맘이라고 말하진 않는다. 사람들은 종종 대화를 이어가기 위해 의미 없는 질문을 던지기도 한다. 그중 어제와 다른 것을 묻는 것만큼 좋은 질문이 없다. 매일 같은 시간에 출근하는 엄마들과는 조금 달라 보이는 내게 "오늘은 출근 안 했어요?" 혹은 "오늘은 쉬시나 봐요." 같은 질문은 서먹한 분위기를 깨기 좋은 주제였을 것이다.

꼭 그렇지 않더라도 조금의 친분이 쌓이면 서로에게 오갈 수 있는 충분한 질문이기도 하다. 그럼에도 이런 질문에 머뭇거리게 되는 이유는 대화의 끝이 직업으로 귀결되는 경우가 많기 때문이다. 내 직업이 부끄러워서 그런 것은 아니다. 오히려 나는 내 직업을 이야기하는 것을 좋아한다. 내 직업, 그러니까 대학에서 강의하는 일은 자랑스럽다. 강단에 서기 위해서는 연구 실적과 경력이 필요하기에 대학 강사라는 직업은 내가 열심히 살아왔다는 증거기도 하다. 하지만 이 직업을 잘 모르는 타인들이 물어볼 땐 조금 난감하다. 학교 근처에 살며 학교 사람들을 많이 만났을 때는 주변에 모두 시간 강사여서 몰랐는데 아이를 낳고 회사원이 많이 거주하는 주거지에 살다 보니 생각보다 시간 강사라는 직업이 낯설다는 사실을 깨닫게 된다.

"워킹맘이었어요? 어제는 안 나가시는 거 같던데."

강의가 없는 날이거나 강의가 늦게 시작하는 날이면 잠옷에 카디건만 걸치고 나가기도 하니 일한다고 생각하진 않았던 모양이다. "어제는 쉬는 날이어서…", "프리랜서구나. 무슨 일을 해요?" 직접 무슨 일을 하냐 묻는 사람도 생각보다 많다. "아, 강사예요." 선생님과 강사 중 어떤 단어를 쓰는 게 좋을까 고민하다가 '강사'라고 답한다. "아, 선생님이구나! 몇 학년 가르쳐요?" 몇 학년인가 혹은 무슨 과목인가를 궁금해하는 분들도 있다. "대학생이요. 글쓰기 가르쳐요." 여기까지 오면 다음 말은 불 보듯 뻔하다. "어머, 교수님이에요? 젊어 보이는데!" '교수'라는 단어가 나오면 조금 과장되게 두 손을 휘휘 저으며 답한다. "아니요, 시간 강사예요."

내 직업을 이야기하는 것은 좋다. 하지만 그것이 '교수'라는 직업으로 연결되면 그 불편함을 견딜 수가 없다. "그럼 교수하려고 강사를 하는 거예요?" 내 직업을 이야기하다 보면 그 일의 최종 목적지까지 가는 경우가 많다. 어쩔 땐 그렇다고 답하기도 하고, 또 어쩔 땐 알 수 없다고 말하기도 한다. 그런 대답을 늘어놓을 때면 끝이 보이지 않는 긴 도로 위에 서 있는 느낌이 든다.

오래전부터 시간 강사 이야기를 꺼내놓고 싶었다. 시간 강사를 주제로 화제가 된 책도 있지만, 지금은 그때와 사정도 많이 달라졌고, 무엇보다 강사에 따라 상황이 다르기 때문이다. 비슷한 듯 다른 시간 강사로서의 내 이야기를 풀어놓고 싶었다. 물론 이 책에 풀어놓는 내용은 내 개인의 일을 바탕으로 쓴 이야기이기 때문에 시간 강사라는 직업 전체를 대변할 수는 없다.

그렇다고 시간 강사가 처한 사회적 이슈를 논의해보자는 것도 아니다. 시간 강사라는 직업을 교수로 가는 과정인 임시 직업이라 여길 수도 있다. 이 과정 속에는 문제도 많고 비극도 많다. 하지만 분명한 건 시간 강사가 지금 이 순간에도 대학 사회를 움직이는 중요한 구성원이라는 사실이다. 사회와 학교의 구조 속에 희생되는 시간 강사의 처우에 무심해서도 안 되지만, 그렇다고 시간 강사를 모두 억압받는 직업으로 프레임을 씌워 보는 것도 옳지 않다고 생각한다. 그 순간의 삶은, 그 속의 이야기는 여전히 진행되고 있기 때문이다. 강사로서 학생들 앞에 서는 것 자체로도 그 삶의 의미가 있다. 선생도 교수도 아니지만, '시간 강사' 그대로의 삶. 대학원생에서 시간 강사로, 그리고 한 아이의 엄마에서 다시 강단에 서게 된 내 삶의 이야기를 적어보고자 한다.

누군가에겐 낯설고, 또 누군가에겐 친숙할 수도 있는 이야기들.

○ 1부 | 꿈을 이루다

꿈을 이루다

늦은 오후였다. 방학이었고, 더웠다. 석계동 구석의 옥탑방에서 에어컨 없이 그 계절을 버텨야 했다. 한낮의 뜨거운 햇볕이 지나고 난 뒤였는데도 집과 함께 녹아내리는 중이었다. 정말 다 녹아버릴 것 같았는데 신기하게도 녹아내리지 않는 그런 집이었다. 같이 사는 친구는 더위를 피해 외출 중이었고, 나는 방도 부엌도 아닌 곳에 널브러져 있었다. 시간이 저녁을 향해 느릿느릿 흘렀다. 멈추지는 않고 계속 조금씩 느리게 흘러가는 계절이다.

전화벨이 울렸다. 정확히는 진동이 울렸다. 전화를 받으려고 천천히 몸을 일으켜 세웠다. 드르륵, 열린 것도 닫힌 것도 아닌 문을 옆으로 밀었다. 보증금 500만 원에 월세 25만 원짜리 우리 집은 옥상에 올린, 반은 가건물인 형태였고, 문은 미닫이였다. 그 미닫이문은 너무나 취약해 더위와 추위를 고스란히 담아냈다. 여름 같은 여름, 겨울 같은 겨울을 지냈달까. 지금 생각하면 거주자의 안전을 담보하지 못한 허술한 집이었다.

"네, 맞습니다." 상대방은 내 이름과 소속을 재차 물었다. 목소리가 너무 잠겼나, 생각하며 운동화를 구겨 신고는 옥상 난간 근처로 발걸음을 질질 끌었다. 그리고 자주 그랬던 것처럼 난간에 팔을 올려 기댔다. 집이 옥탑이라 좋은 점은 단 한 가지였다. 탁 트인 풍경. 집이 있는 건물을 포함해 주변에는 고만고만한 낮은 건물들만 있었기에 앞을 가리는 거 없이 시원하게 바깥 풍경을 볼 수 있었다. 5층밖에 안 되는 건물이었는데도 꽤 높은 곳에 산다는 착각을 불러일으키는 그런 장소였다. 저 멀리 높은 아파트 사이로 해가 걸려 있었다. 주홍빛으로 물든 세상이었다. 여전히 뜨겁지만, 한낮의 맹렬한 더위에 비할 바는 아니었다. 적당히 기분 좋은 바람이 불었다.

"네, 감사합니다. 가능합니다. 감사합니다." 할 수 있다는 이야기를 하고 싶었는데 나도 모르게 고맙다는 말이 먼저 나왔다. 그리고 또 감사하다고 이야기했다. 말하면서 실제로 고개를 조금 숙였던 것 같기도 하다. 다음 학기 강의를 할 수 있냐는 전화였다. 침착하게 전화를 끊고는 통화가 끊겼는지 전화기를 다시 한 번 확인했다. 종료된 것을 확인하자 틀어막았던 입에서 환호성이 터져 나왔다. 옥상에서 방방 뛰어다녔다. 정말이지, 정말 좋았다!

기회는 생각보다 빠르게 찾아왔다. 오로지 강단에 서는 일만 생각하며 진학한 대학원이었다. 아직 박사 과정 중이던 스물여섯 어린 나이였기에 그렇게 찾아온 기회는 더없이 소중했다. 내가 좋아하는 것을 학생들에게 가르칠 수만 있다면 무보수로도 할 수 있다고 큰소리치던 때였으니 앞뒤 잴 것 없이 무조건 할 수 있다고 이야기해야 했다.

꿈을 이뤘다.

처음, 그 순간

시간이 흘러도 잊히지 않는 순간이 있다. 처음 강의를 제안받은 전화를 받았던 때가 그렇고, 처음 강단에 발을 올렸던 때가 그렇다.

언젠가 이런 글을 읽었다. 뇌는 '처음'과 '마지막'을 잘 기억할 수밖에 없다고. 그래서 음악 프로그램에서도 주목받는 가수는 처음과 마지막에 등장한다는 이야기였다. 데뷔 무대나 컴백 무대가 제일 앞에 배치되고 1위 한 가수가 마지막에 배치되는 것을 보면 그런 것 같기도 하다.

내 마지막 강의가 언제가 될지 아직 알 수 없지만, 그 처음은 생생하게 기억한다. 9월이었고, 늦여름의 더위로 여전히 후텁지근했다. 강의 시간은 10시부터인데 9시 40분쯤 강의실에 도착했다. 몇몇 학생이 앉아 있던 터라 기웃거리다가 옆 강의실의 빈자리에 앉았다. 강사 휴게실에서 강의실까지 5분도 채 걸리지 않는데 너무 빨리 나온 탓에 시간이 남았다. 미리 출력한 강의 계획서를 내려놓지도, 그렇다고 제대로 들지도 못한 채 손에 흐르는 땀을 연신 닦아냈다.

학생들은 옆 강의실에 앉아 있는 나를 힐끗거리며 쳐다보고 지나갔다. 공교롭게도 2학기 개강 후 첫 시간이 내 수업이었다. 한 학기 동안 함께 지냈고, 방학을 떨어져 보내고 돌아온 학생들은 서로 안부를 묻느라 바빴다. 50분, 51분, ⋯ 더디게 흐르는 시계의 숫자를 보다가 머리에도 땀이 흐르고 있다는 사실을 알게 됐다. 새벽부터 일어나 공들인 화장이 어떻게 망가지는지도 모르고 손등으로 땀을 닦아냈다.

강의 경력이 어느 정도 쌓인 지금도 강의실에 들어가는 순간의 시선 처리는 어색하다. 강단 멀리 창문에 눈길을 두고 걷자니 너무 직진으로 걸어가는 것 같고, 그렇다고 학생들을 쳐다보자니 부끄럽다. 어설프게 책을 정리하는 척하거나 잘 켜진 강의실 불을 괜히 껐다 켰다 해보기도 한다. 지금도 그런데 하물며 처음 순간은 얼마나 어색했을까. 아마 내가 문을 여는 순간 학생들은 눈치챘을 것이다. 지금 강의실에 들어오는 선생님이 잔뜩 긴장한다는 사실을!

처음 들어간 교실의 색감을 기억한다. 창 너머로 들어오던 햇빛과 앉아 있던 학생들, 책상 배치와 교탁의 생김새까지. 영화의 회상 장면에서 자주 사용하는 것처럼 슬로우 모션으로 기억되는 그 순간은 내가 처음으로 문을 열고 교실로 들어가는 장면이다. 문을 열면 왼편으로 학생들이 앉아 있고, 정면으로는 강단이 길게 이어져 있다. 그 끝에는 벽의 절반을 차지하는 커다란 창문이 있다. 큰 창에 햇빛이 가득 들어오는 강의실이었다. 나는 낮은 계단을 오르듯 강단에 올라 교탁을 보며 걸었다. 학생들은 옆눈으로만 볼 수 있었다. 분명 시선은 교탁으로 걸어가는 나한테서 시작되는데 때때로 기억은 교실 문을 열고 들어오는 내 모습을 보여주기도 한다. 아마 수십 번, 수백 번 반복해 떠올리는 순간이기 때문일 것이다.

같은 쪽 팔과 다리를 올리며 걷는 정도의 형상은 아니었지만, 그렇다고 완전 자연스러운 발걸음도 아니었다. 긴장을 그대로 담은 뻣뻣한 몸짓이었던 것 같다. 그래도 다행인 건 목소리가 떨리진 않았다는 것이다. 아쉬운 건 목소리 대신 손을 떨었다는 것이다. 학생들에게 유인물을 나눠주는데 종이가 파들거리면서 떨리던 순간이 잊히지 않는다. 지금 생각하면 웃음부터 나오지만, 당시에는 너무 창피해 얼굴이 화끈거렸던 기억이다. 이후 한 시간을 어떻게 보냈는지는 전혀 기억나지 않는다. 오리엔테이션이라고 수업을 길게 하진 않았다. 출석을 부르고, 눈을 마주치며 한 학기 동안 주의해야 할 사항을 이야기하는데 조금씩 긴장이 풀렸다. 그리고 비로소 나는 느낄 수 있었다. 그토록 바랐던 일이 내 앞에 와 있다는 것을.

몇 번의 학기를 마치고, 몇 번의 방학을 지내면서 강의에 조금씩 소홀해질 때가 있다. 제일 문제는 내가 하는 이 일이 그토록 열망하던 일이라는 것을 잊는 것이다. 그럴 땐 처음 그 순간을 꺼내본다. 첫 강의실에 들어서기 전 1분, 60초까지 온몸으로 느끼며 긴장하고 바라던 순간을.

보따리 강사

한 짐 가득 들고 다니는 사람을 보따리 장수라고 부른다. 처음 만들어진 단어 의미 그대로의 보따리 장수는 이제 우리가 사는 이 시대에 존재하지 않지만, 형태를 조금 바꾼 보따리 장수들이 곳곳에 존재한다. 그리고 여기 보따리 강사라고 불리는 시간 강사들이 있다.

'보따리 강사'라고 명명하니 큰 짐을 이고 지고 강의실을 전전하는 모습이 그려진다. 세상에는 다양한 종류의 강사가 있다. 비단 대학교 강사만을 보따리 강사라고 할 수 있는 것은 아니다. 다만 그 상징으로 여기저기서 보따리 강사라는 별칭을 사용한다. 휴게실이 있어도 '내 자리'가 없는 시간 강사들은 말 그대로 '보따리'를 싸 들고 다닐 수밖에 없다. 가르치는 사람에게 뭐가 그렇게 많은 짐이 필요할까 싶지만, 책뿐 아니라 생필품으로 가득 찬 가방은 보따리가 된다.

주거지와 가까운 대학에 강의를 맡는 경우는 흔치 않다. 대부분 학교는 멀고, 머무르는 시간은 길다. 거리가 멀기 때문에 나가는 날에 몰아 강의한다. 요즘에는 3학점을 2일에 나눠 하는 경우도 많지만, 하루에 몰아 하는 날에는 해가 뜰 때 학교에 도착해 해가 지는 것을 보며 나오기도 한다. 그러니 밥도 먹고, 공강에는 쉬기도 하고, 과제를 채점하거나 책을 들고 와서 연구하기도 한다. 휴게실이 곧 연구실이 된다. 하지만 문이 닫히고 나면 그곳에 내 짐이 있어서는 안 된다. 나만이 사용하는 공간이 아니기 때문이다.

한동안 대중 교통으로 출강했을 땐 작은 가방을 들고 다닌 적이 없다. 작은 체구가 아니기도 하고 원래 큰 가방을 좋아하는 것은 다행이라고 할 수 있겠다. 그러다 보니 가죽보다는 패브릭 같은 가벼운 재질의 가방을 좋아한다. 그렇다고 너무 캐주얼하게 입을 수도 없었던 자리이기에 한참 유행했던 패브릭에 가죽 가방 모양을 프린트해 만든 페이크백을 자주 들고 다녔다. 안 그래도 짐이 무거운데 가방까지 무거우면 그 괴로움은 온전히 내 몫이기 때문이다.

그렇다면 무슨 짐이 그렇게 많이 필요한 걸까? 기본적으로 가방에는 출석부와 몇몇 학생이 제출한 서류들을 넣은 파일이 들어 있다. 최근에는 온라인으로 출석 체크를 해서 출석부가 필요 없을 것 같지만, 학생들의 성향을 메모해두기도 하고, 또 여타의 상황을 기록하기에는 출석부만 한 것이 없다. 그래서 온라인으로 출석 체크를 하는 날에도 출석부는 꼭 출력해 갖고 다니는 편이다. 그리고 수업 자료. 과제 채점이 있는 날에는 보조 가방을 반드시 들어야 한다. 한 반에 학생이 적게는 20명, 많게는 80~90명에 이르기 때문에 과제만 해도 그 양이 어마어마하다. 지금까지 언급한 정도로도 어깨를 짓누르지만, 진짜 필요한 것들은 아직 시작도 못 했다. 내 경우 밖에 있는 시간이 길기 때문에 화장품 파우치가 꼭 필요하다. 화장을 진하게 하는 것은 아니지만, 밥을 먹거나 땀을 흘렸을 때 등 수정이 필요하기 때문이다. 대부분 점심을 밖에서 해결하니 칫솔과 치약도 필수품이다. 커피도 자주 마시니 가글도 있으면 좋다.

커피 이야기가 나와서 말인데 믹스 커피와 종이컵도 넣어두면 유용하다. 대부분 휴게실에 비치돼 있지만, 가끔 채워지지 않았거나 휴게실과 강의실이 먼 경우 챙겨온 커피와 종이컵으로 해결할 수 있기 때문이다. 텀블러를 들고 다니지 못하는 건 가방이 포화 상태기 때문이다.

환승이 많은 경우를 대비해 가벼운 신발도 넣고 다녔다. 대학교 강의실이라는 특성상 운동화가 성의 없어 보일 수도 있다. 구두처럼 생겼지만, 사실은 운동화인 기능을 가진 신발이 있으면 좋겠다는 생각도 자주 한다. 그래서 효도화처럼 생긴 로퍼를 신고 다니기도 하지만, 그렇지 못한 경우 접었다 펼 수 있는 단화를 신고 움직이다가 학교에서 신발을 갈아 신기도 한다. 발이 크고, 평발이라 구두를 오래 신을 수 없는 나에게는 필수품이다. 그렇지 않은 사람들에게는 선택 사항이 되겠다.

그리고 꼭 빼놓지 않는 것이 있다. 작은 물티슈, 렌즈 여유 분, 인공 눈물, 안경과 안경집, 진통제, 일회용 소독솜, 그리 고 반창고다. 렌즈를 오래 끼지 못해 학교에 가는 길에는 안 경을 쓰고 학교에 도착해 렌즈로 갈아 끼운다. 개인적으로 안경을 쓴 자신의 모습을 좋아하지 않기 때문이다. 안경을 끼고 나가면서 안경집을 챙겨 가져가지 않은 날, 가방에 넣 어둔 안경이 어그러지고 나서는 안경집도 반드시 챙겨야 하 는 필수품이 됐다. 렌즈 여유분은 렌즈를 넣다가 바닥에 흘 린 뒤로 꼭 챙기는 편이다.

이렇게 쓰고 보니 들고 다니는 것이 많다. 하루를 밖에서 온 전히 보내는 때에 써야 하는 필수품이라 무엇 하나 빼놓을 수 없다. 밖에서 사면 되지만, 고속버스를 타고 가야 하는 지방 산속에 있는 학교에서는 필요한 물건을 구하는 것도 어려운 일이다. 비싸기도 하고 말이다. 운전하게 된 이후에 는 짐에 대한 부담이 조금 줄었지만, 여전히 강의실로 올라 가는 데에는 보따리처럼 큰 짐을 지고 간다. 이런 강사들의 편의를 봐주는 학교가 늘어나 강사들을 위한 사물함도 생 기고 있지만, 그마저도 한 학기마다 비워야 하기 때문에 그냥 필요한 짐은 들고 다니는 편이다. 그래서 가방은 여전히 짐으로 가득하다.

언젠가 나도 나만을 위한 자리에 앉아 쉴 수 있을까.

그 일이 왜 좋아?

강단에 서서 가르치는 일을 할 수만 있다면 무보수라도 괜찮다는 농담 섞인 진담을 풀어낼 때면 사람들이 묻는다. 그리고 나 자신에게도 가끔 묻는다. "이 일이 왜 좋아?"

멀리서 보면 희극이고, 가까이서 보면 비극이라는 말이 있는 것처럼 실상을 들여다보면 이리 치이고, 저리 치이는 직업이기도 하다. 하지만 그렇다고 나쁜 대우를 받는다고만 할 수도 없다. 학점을 쥔 '교수'의 입장이기에 생각보다 학생들과 마찰이 크지 않고, 적어도 강의실 안에서는 수업 결정권을 가질 수 있다는 큰 장점이 있다. 시간을 최대한 조절할 수 있고, 방학을 이용할 수 있는 점도 좋다.

장점의 이면에는 단점이 빽빽하게 존재한다. 학생들에게 강의 평가를 받아야 하거나 표준 강의 계획서가 있어서 전체 수업을 주체적으로 구성할 수 없는 경우도 있다. 시간을 조절할 수 있지만, 한 번에 받을 수 있는 시수가 한정돼 있다. 거리가 멀면 강의실에서보다 도로에서 더 많은 시간을 써야 하기도 하다. 무엇보다 한 학기 앞을 내다볼 수 없는 고용 불안정 상태의 이 직업이 좋을 게 뭐가 있냐는 질문을 받는다.

아무튼 대학 강사는 장점이 많은 만큼 단점도 많은 직업이다. 사실 새내기 강사였던 나는 대학 강사로서의 장점만 생각할 수 없을 정도로 돈이 필요했다. 서울에서 자취하며 드는 생활비며 월세, 그리고 학비까지 감당하려면 끊임없이 일해야만 했다. 실제로 강의하면서도 학교 조교와 학보사 기자를 병행했다. 돈을 더 벌고 싶다면 대학보다는 학원에서 일하는 게 맞다. 대학 강의를 하기 전에는 학원 강사를 했기에 받는 돈의 차이를 크게 체감하기도 했다. 당시의 나처럼 생계 비용과 직결되는 경우에는 대학 강사보다 학원 강사가 더 적합했을 것이다.

강단에 서기 전까지 등록금과 생활비에 자취방 월세까지 벌기 위해서는 학원 강사나 과외만큼 괜찮은 아르바이트가 없었다. 그래서 꾸준히 학원 강사를 해오던 터였다. 학생들을 만나고 누군가에게 무언가의 지식을 전달하는 일에 매력을 느낄 수 있게 된 계기 역시 학원 강사를 했던 경험에 있다. 학원 강사를 하지 않았더라면 대학원에 진학해야겠다는 생각을 하지 못했을 것이다. 좋은 인연도 많이 만나고, 많은 배움을 얻기도 했다.

그런데도 내가 강단에 서는 걸 좋아하는 이유는 간단하다. 수업 시간에 재밌는 이야기를 할 수 있어서다.

재밌는 이야기라니, 조금 황당한 답일 수도 있다. 학원이나 과외는 '성적'이라는 공통된 목표가 있기에 마음껏 수업을 꾸릴 수 없다. 물론 대학 강의도 표준 강의안이라는 게 존재하고, 더러는 같은 과목끼리 같은 시험 문제를 공유하기도 해서, 교수자만의 자율 수업이라고 볼 수는 없다. 그럼에도 어느 정도 강의에 유연성을 가질 수 있다. 학생들도 주입식 교육에서 벗어나 자유로운 방식으로 문학을 접할 수 있다.

물론 답이 정해진 문학을 가르치는 일이 잘못됐다는 건 아니다. 아직 문학에 대한 이해가 낮은 학생들에게 선생님의 시선으로 독해하고 함께 읽어가는 것도 꼭 필요하다. 모든 아이가 문학을 사랑하고 관심을 두는 것은 아니므로 많은 이에게 문학의 아름다움을 알리기 위해서는 효율적 교육 방식이 필요하다. 그러니까 중고등학교 과정에서 배우는 문학도 중요하고, 필요하다는 것이다. 다만 나는 그런 정해진 답이 아닌 다양한 각도로 문학을 바라보고 예술과 접목할 수 있는 수업 방식에서 새로움을 얻는다. 학생들의 다양한 이야기를 듣는 것이 즐겁다.

그래서 강의실은 진정한 교학상장이 이뤄지는 곳이라고 생각한다. 자유로운 수업 주제 속에서 내가 가르치는 만큼 학생들에게 배운다. 그 과정은 즐겁고 재밌다! 문학과 예술을 함께 다루고, 학생들의 눈이 반짝일 때 언어로는 형용할 수 없는 희열을 느낀다. 다른 이유도 많지만, 이보다 더 명료한 이유가 또 있겠는가. 재미있다는 것, 그것이 나를 이 직업에 몰두할 수 있게 하는 힘이다.

책이 친구였어

요리는 못하지만, 설거지는 기가 막히게 잘한다. 여기서 잘한다는 기준은 그 속도에 있다. 뜨거운 물에 담갔다 거품을 가득 내 기름기를 없애고, 다시 뜨거운 물로 박박 씻을 땐 묘한 쾌감도 느낀다. 마치 미세먼지 가득한 날, 한 차례 비가 쏟아지고 깨끗해진 하늘과 건물, 나무를 보는 느낌이랄까. 어쨌든 다른 건 몰라도 설거지는 잘한다.

설거지 재능을 키울 수 있었던 건 부모님이 오랜 시간 요식업에 종사했기 때문이다. 레스토랑부터 시작해 고깃집, 해장국집, 다시 고깃집으로 10여 년간 일곱 번 가게 종목을 바꾸며 식당을 운영했다. '높은음자리', '돼지삼형제', '여기구나 해장국', '돈내고 돈먹기', '쌈짓돈구이' 등 당시 아빠의 고민이 가득 담긴 가게 이름들이 아직도 선연하다. 집을 따로 마련하기 어려웠던 땐 가게 옆에 작은 공간을 내 거기서 살기도 했다. 그래서 고깃집 옆에 붙은 부엌과 거실 없이 방만 붙은 작은 집에서 우리 가족은 꽤 오랫동안 복닥거리며 살았다.

식당에 집이 붙어 있던 곳에서 살며 내가 제일 좋아했던 시간은 마지막 테이블 손님이 막 나가고, 가게의 간판불을 껐을 때였다. 간판불을 끄는 것은 장사가 끝났음을 알리는 신호였다. 식당에는 아직 불이 들어와 있고, 엄마와 아빠는 분주하게 정리했다. 정리가 끝난 곳에는 불이 꺼졌기 때문에 식당은 점점 어두워졌다. 구석부터 시작해 메인까지 불이 하나씩 꺼지고, 마지막에는 문 앞에 있는 불만 남았다. 텅 빈 그릇들과 차갑게 식어버린 불판들이 즐비하게 놓인 것을 보면 누군가에겐 잠시 머물러 가는 공간이지만, 내게는 늘 머무는 곳이라는 특별함을 느낄 수 있었다. 손님이 다 가고 난 뒤 놀이공원에 남은 기분? 아니면 수련회로 학교 교실에서 1박을 할 수 있는 기분? 어쨌든 북적함이 사라진 그곳에서 부모님과 함께하는 시간이 좋았으므로 그 공간에 늘 머물던 나는 자연스럽게 설거지를 도와드리기도 했다.

물론 가게가 늘 잘되는 것은 아니었다. 대부분은 너무 열악한 곳에 위치해 장사가 잘되지 않았다. 여기서 열악하다는 것은 주차장이 있느냐 없느냐 혹은 식당 밀집 지역이거나 아니거나 하는 따위의 것들이다. 예산에 맞게 가게 위치를 선정해야 했기에 주차장은커녕 주위에 상권도 없는 곳이 대부분이었다. 딱 한 군데만 빼고 말이다. 거의 버려지다시피 했던 땅에 세운 가게였는데 매출이 꽤 좋았다. 애초에 땅이 싸서 주차장도 크게 만들 수 있었기 때문이다. 주변에 상권이 형성되지는 않았지만, 주차장이 있었고 자연석이라는 특별한 불판으로 단골의 수를 늘려갔다.

그런데 장사가 잘되자 땅 주인이 욕심을 냈다. 계약 기간을 연장해주지 않고 우리 가게를 그대로 이어받아 장사하려는 것이었다. 이전에 친구와 관련된 보증 문제로 집안 사정이 좋지 않았던 아빠는 어떻게든 가게를 이어가려 했으나 역부족이었다. 기간 만료로 나가는 것이었지만, 아빠가 공터에 흰 분필로 설계 도면을 직접 그려가며 세웠던 가게를 통째로 빼앗겼다. 더 작고 허름한 곳으로 이사해야만 했다.

어쨌든 그 시기, 장사가 잘됐으나 조금은 외졌던, 그 고깃집 시기에 나는 사춘기를 맞이했다. 또래 관계가 중요했던 초등학교 고학년 때, 나는 보통의 친구들과는 다른 방향으로 하교했다. 초등학교를 중심으로 형성된 아파트 단지에서 온 학생들이 대부분이었기 때문에 학교가 끝나면 아이들은 우르르 한 방향으로 몰려갔다. 그 아이들은 학교가 끝나면 단지 내 놀이터에 모이거나 친구네 집으로 가면서 친분을 쌓았다. 반면 가게에 집이 붙어 있었기 때문에 아파트 단지는 물론이고 주택도 없이 생뚱맞은 곳에 살던 나는 주변에 만날 친구가 없었다. 가게 옆에 작게 집을 지어놓았기 때문에 우리 집 근방에는 주거 공간이 없었다. 그래서 친구들과는 하교 방향이 달랐다. 그나마 다행인 것은 집에는(가게에는) 늘 엄마와 아빠가 있었기에 외롭지 않았다는 점이다.

외롭진 않았는데 심심했다. 지금처럼 텔레비전이 다양한 채널을 보유한 시절도 아니었고, 컴퓨터도 오락 수단이 되지 못했다. 컴퓨터 공학을 전공한 오빠와 컴퓨터 회사에 다니던 외삼촌 덕분에 집에는 집안 사정에 비해 고가의 컴퓨터가 늘 있었지만, 그것을 잘 사용하지는 않았다. 지금과 마찬가지로 컴퓨터를 잘 다루지 못했기 때문이다.

그래서 내 심심함을 달래줄 수 있는 존재는 식당에서 키우던 강아지 '아라'와 '책'이 전부였다. 하교 후 꼬리치며 배웅 나오는 강아지와 인사하고, 저녁 장사를 준비하는 부모님과 이야기를 나누고 난 뒤 시간은 오롯이 나 혼자만의 것이었다. 이때의 기억 때문인지 지금도 혼자 있는 것을 즐기고 좋아하는 편이다. 여하튼 나이 차이가 꽤 나는 오빠는 내가 잠이 들어야만 귀가하는 고등학생이었다.

그때 내가 할 수 있는 일이라곤 책을 읽는 것뿐이었다. 전집이니 뭐니 하는 나를 위한 책은 많지 않았다. 지금처럼 인터넷에서 검색 한 번으로 아이들에게 필요한 책 정보를 얻을 수 있는 시기가 아니기도 했다. 그래서 나는 내 수준보다 한참이나 높은 오빠나 엄마, 아빠의 책을 집어 들어야만 했다. 대부분은 이해할 수 없는 상태로 읽었지만, 글자를 읽는 재미로 여러 번 읽고 또 읽었다. 시간이 한참 지난 뒤에 '아 그런 내용이었구나!' 무릎을 치는 일이 생기기도 했다.

그래서 나한테 책은 자연스러운 것이었다. 날마다 적었던 일기도 큰 도움이 됐다. 그러니까 책을 읽고 쓰는 것이 내게는 시간을 보내는 하나의 '놀이'였던 것이다. 책이 많지 않았기 때문에 한 권을 다독했고, 그러다 보니 나중에는 외울 수 있는 문장들도 꽤 됐다. 내가 읽은 글자는 머릿속에서 영화가 되고 드라마가 됐다. 내 머리 안에 있던 이야기는 글자가 돼 튀어나왔다. 하얀 종이에 검정으로 그려진 구불구불한 선을 보고 뭔가를 떠올릴 수도 있고, 떠올린 것을 꺼낼 수도 있다는 게 신기했다. 읽고 쓰는 것은 그렇게 자연스러운 놀이가 됐다. 그래서 후에 전공을 택할 때도 큰 고민 없이 문학을 선택했다. 평생 해야 한다면 재미있는 일을 해야 한다고 생각했기 때문이다. 아니, 사실 솔직히 고백하자면 읽고 쓰는 거 말고는 잘하는 게 별로 없기도 했다.

주변 엄마들에게 아이들이 어떻게 하면 책에 흥미를 붙일수 있겠느냐는 질문을 자주 받는다. 어려운 질문이다. 지금의 아이들에게 책을 대신할 친구가 너무 많기 때문이다. 더자극적이고 화려한 매체가 이렇게 많은데 글자로만 이뤄진책에 흥미를 얻을 수 있게 하기란 쉽지 않기 때문이다. 그저놀이가 되도록 강요하지 않고 자연스럽게 어울리는 방법을 찾아야 한다는 틀에 박힌 답을 할 뿐이다. 나 역시 지금과 같은 시대를 살아가고 있다면 그 옛날처럼 책을 좋아했을 것이란 장담을 하지 못할 것 같기 때문이다.

그래, 결심했어

수능을 보고 대학과 전공을 선택함에 부모님과 약간의 마찰이 있었다. 무엇이든 내 의견을 존중해주셨던 아빠였는데 문학을 전공한다고 하자 공무원 시험을 보는 데 가장 도움 되는 '법학'을 선택하는 게 어떻겠냐고 제안하신 것이다.

지금 돌이켜 생각하면 그것도 좋은 방법이었을 것 같다. 내가 지금 하는 일이 싫어서가 아니라 법을 알게 되는 일이 삶을 살아가는 데 정말 유용할 것 같기 때문이다. 법학을 전공하면서도 책을 읽고 문학을 공부하는 데 크게 무리가 있지 않을 것 같기도 하고 말이다. 당시에는 대학원까지 가면서 이렇게 오래 공부할 것이라는 생각을 하지 않았기 때문에 전공을 선택함에 굉장히 조급함을 느끼기도 했다.

아빠는 시험에 강하다. 시험에 강하다는 말이 조금 이상하긴 하지만, 정말 강하다. 시장에서 장을 보고, 가게를 운영하고, 정리까지 눈코 뜰 새 없이 바쁜 하루에도 아빠는 늘 '뭔가'를 찾았다. 방통대에서 법학을 공부하고, 공인 중개사 자격증도 땄다. 부수적으로 조리사 자격증도 갖고 있다. 뭔가 계속해 공부하는 아빠가 자랑스러웠지만, 가게 운영난으로 아침 일찍 막노동까지 나가던 시기에는 아빠가 책을 붙잡고 있는 게 싫기도 했다. 안 그래도 몸이 힘든데 시험을 준비하며 건강을 잃을 거 같았기 때문이었다.

가게를 개업했다 닫는 과정을 겪으면서 생기는 피해를 더는 감당할 수 없다는 판단에 마지막 폐업을 결정했던 땐 내가 스무 살이 되던 해였다. 그러니까 내가 입시를 앞둔 고등학교 3학년 때부터 폐업을 염두에 뒀다는 것이다. 이후 아빠는 뒤늦게 주택 관리사 시험에 뛰어들었고, 집안 생계는 당시 제대하고 아르바이트로 학원 강사를 하던 오빠가 맡았다. 주택 관리사 자격증을 딴다고 해 덜컥 관리소장 자리가 나는 건 아니었지만, 달리 방법이 없었다. 나 역시 대학생이 됐으니 내가 쓰고 먹을 것과 등록금은 스스로 챙겨야 할 터였다.

그래서 더욱 그랬을 것이다. 법학과를 졸업해 법조인이 되면 제일 좋겠지만, 꼭 그게 아니라도 법을 공부해두면 공무원 시험을 볼 때 가장 유리한 것도 사실이다. 그리고 법을 잘 알면 살아가며 적어도 피해받지 않을 수 있다고도 하셨다. 믿었던 친구에게 속아 큰 빚을 졌던 아빠의 과거를 생각하면 이해하지 못할 일도 아니었다.

그런데 그때는 마음 조절이 안 됐다. 아빠의 말을 논리적으로 생각하지 않고 감정적으로만 대응했다. 하고 싶은 건 문학이라고, 꼭 글을 쓰고 내가 쓴 글로 돈을 벌어 먹고살 거라고 말하고는 귀를 닫아 버렸다. 합격 통지서를 받는 날에 같이 기뻐하는 게 아니라 걱정부터 하는 아빠의 모습에 서운한 감정이 밀려 들어왔다. 아빠 역시 마찬가지. 입을 굳게 다문 아빠는 굳은 표정으로 말이 없었다.

그런 아빠와 나 사이를 중재한 건 엄마였다. 엄마는 큰 결정에 있어 의외의 대담함을 보여주곤 했다. 엄마는 늘 그랬다. 작은 일에는 아빠나 내게 의존을 많이 했지만, 큰 결정을 하는 데 우리 가족 중 누구보다 대담했고, 무엇보다 나를 강하게 믿었다. 별다른 방황도 없는 데다 부모님과 큰 갈등도 없었기에 나름 순하게 지낸다고 생각하는 사춘기였는데 딱 한 번 말도 안 되는 고집을 피웠던 때가 있었다. 고등학교에 입학하고, 갑자기 노래하고 싶다며 떼를 썼다. 중학생까지 음악을 공부했던 것도 아니었고 심지어 실력도 끼도 없었다. 지금 생각하면 단순히 텔레비전에 나오는 특별한 삶을 살고 싶었던 것 같다.

아빠는 한때 지나가는 바람이라고 여겨 귀담아듣지 않았으나 엄마는 달랐다. ARS로 진행되는 1차 오디션에 합격하고, 이제 곧 음반 낼 사람처럼 서울에 다녀오겠다고 했다.

아빠에게 평일 학교를 빠지고 그런 데 다녀온다는 것은 있을 수도 없는 일이었다. 그런데 엄마는 직접 학교 조퇴를 시키고 함께 기차를 타고 서울로 올라갔다. 결과는 당연하게도 탈락이었다. 내 인생 단 한 번의 오디션이었다. 그 뒤로 오디션의 '오' 자도 언급하지 않은 건 당연하다. 엄마의 대담한 결정이 아니었다면 오디션 한 번 보지 못한 여고생의 나를 아쉬워하고 있을지도 모를 일이다.

"그래, 하고 싶은 공부를 해야지."

비싼 등록금 고지서 앞에서 아빠는 이번 한 번이 문제가 아니라 앞으로가 더 문제라며 깊은 한숨을 쉬었지만, 엄마는 뒷일은 나중에 생각하자며 아빠를 설득했다. 당시 3,000원도 안 되는 시급으로 커피숍에서 아르바이트를 하던 나는 등록금이라는 돈이 얼마나 큰지 감도 잡지 못했다. 지금이라면 어떤 선택을 했을까? 그저 좋은 일을 업으로 삼겠다는 마음이 앞설 때라서 가능한 선택이지 않았을까?

어쨌든 문학을 공부하며 살겠다고 큰소리를 떵떵 쳤으니 한 발 뺄 수도 없는 일이다. 내 선택이 후회로 보이지 않기 위해선 열심히 할 수밖에 없다. 그렇게 나는 결심했다. 앞으로 계속 문학을 공부할 것이라고. 안정적 직업은 얻지 못한다 해도 그에 못지않게 잘하는 모습을 보여드려야겠다고.

국어가 제일 싫어요

대학생이 됐다는 짜릿한 감정은 그리 오래가지 않았다. 등록금과 기숙사 비용까지 대출로 해결했지만, 아르바이트를 하지 않고는 생활비 충당이 어려웠다. 한 학기 바짝 신나게 놀고, 쓰린 학점을 받고, 방학이 됐다. 본가로 내려오자마자 빵집 아르바이트를 시작했다. 하지만 최저 시급으로 버는 돈으로는 대출금 상환은 꿈도 못 꿀 일이었다. 방학 동안 쓸 용돈을 겨우 버는 정도였다. '한 학기 휴학하고 돈을 좀 모아야 하나?' 생각하고 있을 때 학교 선배한테 연락이 왔다. 까마득하게 높은 선배였는데 마음 맞는 몇몇 사람과 함께 학교 근처에 학원을 열어 운영 중이었다. 내 사정을 알고, 강사로 오면 어떻겠냐고 제안했다.

서로 '윈-윈'할 수 있는 거래(!)였다. 선배는 학원이 자리를 잡아가는 동안 학원에 충성할 강사가 필요했고, 나는 빵집 아르바이트보다는 괜찮은 보수의 일이 필요했다. 게다가 학교 근처였으니 학기 중에도 계속할 수 있는 일이었다. 나는 바로 빵집 아르바이트를 그만뒀다.

그래서 나는 스무 살이라는 비교적 어린 나이에 학원 강사가 됐다. 대상은 중학생. 아이들도 어렸지만, 나도 아직 한참이나 어렸다. 그래서 학생들에게 상처도 많이 받고, 힘든 일도 많았다. 그런데도 그 일이 그렇게 좋고 자랑스러웠다. 학생들 앞에 선다는 것 자체가 좋았다. 어쩌면 누군가 앞에 서고 싶다는 강렬한 열망을 마음에 품고 있었는지도 모르겠다. 학생들에게 인정받는 선생님이 되고 싶어서 학과 전공책보다 중학교 교과서를 더 열심히 들여다봤다. 혼자 공부하는 일과 가르치는 일은 확실히 달랐다.

그래도 나 나름의 믿음으로 늘 자부심이 넘쳤다. 그것은 '모든 아이가 내 수업을 가장 좋아할 것'이라는 생각에서 나왔다. 이런 생각은 나를 제일 좋아할 것이라는 터무니없는 자신감이 아니라 국어를 가장 좋아할 것이라는 믿음에서 기인했다. 이과에 능하든 문과 체질이든 상관없이 모든 학생은 국어를 기본으로 가장 쉽고, 편안하게 느낄 것이라고 생각했기 때문이었다. 그건 기본으로 우리가 한국어 사용자이기도 하고, 문학을 읽는 것은 공부라기보다 즐거움을 추구하는 일에 가깝다고 여기기 때문이었다. 무엇보다 내게 문학은 재미있는 놀이였기에 남들도 같을 것이라고 생각했다.

학과 공부와 학원 수업을 병행하는 게 힘들어도 아이들이 가장 좋아하는 과목을 담당한 강사라는 뭔가의 책임감으로 열심히 준비했다. 그런데 공들여 준비한 쪽지 시험 이후 한 학생의 말이 나를 깜짝 놀라게 했다. "국어가 제일 싫어요!"

기대에 미치지 못하는 점수를 받아들고 그 학생은 장난스럽게 소리쳤다. 그런데 나는 그 말에 머리를 한 대 맞은 것 같은 충격을 받았다. 영어나 수학 혹은 국사나 과학이 싫다는 말은 많이 들었어도 국어가 제일 싫다는 말은 못 들었기 때문이다! 왜 싫냐는 내 물음에 재미가 없고, 어렵고, 지루하고, 따분하고, 글자가 너무 많고… 이유가 끝도 없이 쏟아져 나왔다.

나 역시 아직 어렸기에 시야가 좁았던 것일까, 국어가 제일 재미없고 따분할 수도 있다는 생각을 그때 처음 했다. 각성한 것처럼 문학을 대하는 내 생각도 달라졌다. 그러자 국어가 제일 재미없을 만한 이유들이 눈에 보이기 시작했다. 개인마다 느끼는 바가 다른데도 국어라는 과목에는 '답'이 정해져 있는 시험과 맞물려 있고, 시각 매체가 엄청나게 쏟아지는 와중에 여전히 글자로 인쇄된 문학이, 국어가 재미없을 수도 있겠단 생각을 하게 됐다.

작지만 컸던 이 사건 이후에는 '어떻게 하면 국어에 쉽게 접근할 수 있게 할까?' 고민하게 됐다. 고민 속에서 1년, 2년, 학원 강사로서의 경력도 차츰 쌓여 갔고 이전의 고민과 강의 노하우로 보수도 제법 받게 됐다. 선배의 학원을 그만두고 나서도 여러 학원을 옮기며 등록금과 생활비를 마련했고, 그 일이 몸에 익어갔다. 대학교 4학년이 되고, 동기 중 누군가는 취업을 나가고 또 누군가는 복수 전공을 선택해 학교에 조금 더 남아 있기로 했다는 소문이 들렸다. 외국에 나간 친구도 있었고, 휴학하고 잠시 쉼표를 찍겠다는 친구도 있었다.

나 역시도 고민해야 할 시기였다. 취준생이 되는가, 아니면 휴학하고 조금 더 많은 경험을 하는가, 잠시 고민하기도 했다. 친구들을 만나 진지하게 우리의 미래를 이야기하기도 했다. 스물셋이 돼 이젠 인생의 중대사를 결정하는 어른이 된 듯한 착각으로 지나간 청춘(?)을 아쉬워하기도 했다. 하지만 깊게 고민하지는 않았다. 사실 그전부터 계속 생각하던 길이 있기 때문이었다.

스물셋 가을, 나는 대학원에 원서를 넣었다.

콩나물밥과 대상포진

대학원을 가는 데 걱정이 없었던 건 아니다. 학교 다니는 내내 수업 듣는 일과 학원 강사를 병행했기에 학교 수업에 소홀해질 때도 있었다. 시간이 한정돼 있을 땐 내가 듣는 수업보다는 내가 하는 수업에 더 집중해야 하기도 했다. '이런 식이라면 대학원에 진학해도 별반 다르지 않은 생활이 이어질 텐데 공부를 제대로 하지 못할 바에야 대학원 진학이 큰 의미가 있을까?' 싶은 마음이었다. 그래도 학원 강사로서 생활이 안정되고 있었고 반드시 이수해야 하는 학점이 학부 때와는 비교도 안 되게 적었기에 막연히 조금 편해지지 않을까 생각했다. 물론 큰 착각이었지만 말이다.

대학원에 가야겠다고 생각하게 된 계기는 학원 강사를 했던 경험에 있었다. 그저 재미로 읽기만 했던, 그것도 좋아하는 장르만 읽는 내가 선생님으로서 학생들을 가르치는 데에는 한계가 있었다. '공부를 더 해야겠다.' 라는 결론을 내기까지 걱정은 있었을지언정 망설임이 필요한 건 아니었다. 사실 취업 시장에 뛰어드는 것도, 휴학하고 내 꿈을 찾아보는 것도 자신 없었다. 학원 강사로 벌어 먹고사는 일이 어렵지 않아 더 그랬는지도 모른다. 고민하는 시간이면 한시라도 빨리 대학원에 가 공부하는 것이 맞다고 판단했다. 만약 정말 못하겠으면 그만두고 그때 다시 다른 길을 찾으면 된다고 생각했다. 학부 때 휴학하고 내 길을 찾아보는 것이나, 빨리 졸업하고 대학원에 가는 것이나 다를 바 없다고 여겼기 때문이었다. 그렇게 또다시 길고 긴 학교 생활을 준비했다.

대학원 입학 준비를 위해 학원 강사도 잠시 쉬었다. 가르치는 일을 좋아하지만, 일을 쉬고 도서관에서 연구 계획서를 쓰는 일은 또 다른 의미로 좋았다. 시간에 구애받지 않고 여유롭게 책을 읽으며 대학원 생활에 대한 환상도 키웠다. 1:1로 면접 보던 날엔 절대 떨어지면 안 된다는 생각으로 내가 앞으로 공부할 자료를 정리해 판에 붙여 갔다. 지금으로 치면 프레젠테이션을 준비한 것이었는데 그 수준이 너무 엉성해 웃음이 나온다. 명화와 그에 영감을 받은 시 등을 프린트하고 시와 회화가 가진 상호 매체성을 공부하고 싶다고 장황하게 발표했다. 그런 노력이 가상했던지 다행히 대학원에 합격할 수 있었다.

하지만 대학원 생활은 학부 때와는 또 다른 의미로 힘들었다. 지금 생각해보면 잘 몰랐기 때문에 용감하게 대학원에 진학할 수 있었던 것 같다. 대학원을 졸업하고 난 뒤의 전망이나 대학원 생활의 고충 등을 알았다면 그렇게 망설임 없이 진학을 결정하진 못했을 것이다. 배워야 할 것이 너무 많았다. 학부에 비해 들어야 할 학점은 적었지만, 매주 읽어야 할 책은 엄청 많았으며, 그 책의 범주 또한 너무도 광범위했다. 나는 저자 이름도 처음 들었는데 함께 수업 듣는 사람들은 어떻게 그 많은 사람을 다 알고 있는지 내 무식에 내가 놀랄 정도였다. 서론을 읽는 데만 꼬박 일주일이 걸리기도 하고, 중간에 다 못 읽고 만 책도 많았다. 이 세상에 나만 도태된 것 같은 자괴감으로 하루하루를 보냈다.

정신이 힘드니 몸도 아팠다. 석사 1학기 땐 수업에서 받는 스트레스로 잘 먹지도 자지도 못했다. 실크로드에 대한 수업으로 기억한다. 전공 분야도 아닐뿐더러 어떤 내용인지도 모르고, 그저 전공 필수 과목이라고 해서 수강 신청했던 것이 문제였다. 문화재 관련 전공자들이 더 많았던 수업에서 막 대학원에 입학한 나는 초등학생과 별다를 거 없는 상태였다. 발표도 논문도 엉망이었다. 수업을 같이 듣는 사람들은 어떻게든 열심히 해보려는 나를 비난하지는 않았지만, 그 틈 사이로 보이는 측은한 눈빛이 나를 힘들게 했다. 수업이 끝나고 다 같이 밥 먹으러 간 식사 자리에 앉았다. 한마디도 끼지 못하는 내가 바보 같아 모임이 파한 뒤 눈물을 펑펑 쏟기도 했다. 얼마나 주눅이 들어 있었는지 먼저 가보겠다는 말도 꺼내지 못했다. '내가 버틸 수 있을까, 지금이

라도 그만두는 게 맞나, 내 적성에 맞는 걸까?' 같은 고민이
나를 사로잡았고, 중도 포기에 대한 열망이 강렬해졌다.

그런데 대학원을 그만두지 못했던 건 아이러니하게도 몸이
아파서였다. 등록금에 생활비까지 충당해야 했던 내가 당
시 가장 자주 먹었던 건 한솥 도시락에서 팔던 콩나물밥이
었다. 내 기억이 맞다면 900원 언저리였던 그 메뉴는 밥과
콩나물, 그리고 양념장으로 구성됐다. 한솥 도시락 가게에
서 먹는 경우 김치국도 함께 곁들일 수 있었다. 가격도 저렴
하고 건강한 느낌의 콩나물밥으로 연명하던 시기였다. 긍정
적으로 생각해보자면 콩나물을 또 엄청 좋아하기도 한다.
하지만 균형 잡힌 영양 식단은 아니었던 것이 확실하다.

수업 스트레스에 잘 못 자고, 잘 못 먹었더니 몸에 이상 신
호가 나타났다. 등에 여드름 같은 게 올라왔는데 여드름치
고는 이상하게 아팠다. 정말 '이상하게 아팠다.' 라는 표현
밖에 없을 정도로 피부가 아닌 근육이 아팠다. 얼마간 끙끙
대다 아픔을 참지 못하고 찾아간 병원에서는 대상포진이
의심되니 대학병원에 가라고 소견서를 써줬다. 이름도 생소
한 대상포진. 이래저래 알아보니 면역력이 떨어질 때 걸리는
병이라 했다. 영양도 수면도 채우지 못했던 스물넷이었다.

생각보다 병은 금방 나았다. 보험은 일주일만 적용된다고

해서 긴장했는데 약을 먹기 시작하자 금세 나았다. 하지만 서러운 건 어쩔 수 없었다. 몸은 아픈데 결석하기는 싫고, 글자를 읽으면서도 이해하지 못하는 상황은 계속돼 자괴감에 빠지는 때가 한두 번이 아니었다. 하지만 아파서 그만둘 타이밍을 놓치고 말았다! 그렇게 어영부영 한 학기가 지났다. 처음 써보는 발제문에 기말 소논문, 그리고 발표까지 뭐 하나 잘하는 것 없이 엉망인 한 학기였다. 그래도 방학이 되니 조금 살 것 같았다.

첫 학기를 포함해 이후 대학원에서의 힘든 시간을 견딜 수 있었던 또 다른 이유는 엄청나게 바빴기 때문이었다. 학원 아르바이트와 학과 조교, 그리고 교내 신문사에서 일하며 학교 수업도 들어야 했기에 시간은 틈을 주지 않았다. 그래서 대학원에 진학하고 생각을 가다듬어야겠다는 생각은 떠올릴 틈이 없다. 정신없이 한 학기, 두 학기, ⋯ 나는 어느새 졸업 학기에 이르렀다. '재미있긴 한데 이렇게 하는 것이 맞나?' 라고 생각할 때면 과제가 쏟아졌다. '내가 앞으로 이 공부를 계속해 뭘 해 먹고 살아야 하나?' 라는 의문이 올라올 때쯤 석사 논문을 작성해야 하는 시기가 됐다. 지금 돌이켜 생각해보면 이렇게 정신없이 지냈던 것이 다행이었던 것 같기도 하다. 늘 부족한 나였기에 그것을 채우기 위해 아등바등하는 사이 나도 모르게 석사 논문을 쓰고 있었다. 그리고 논문을 쓰면서 진짜 공부를 시작했다.

부끄러움과 열망

어떤 책을 얼마나 읽었는지 기록하고 뿌듯해하는 게 한 학기 끝날 즈음 했던 나만의 의식이었다. 과제로 소논문을 쓰고, 맨 뒤에 수북하게 참고 문헌 목록을 적으면서 그렇게 즐거웠다. 각주를 달면서 내가 이만큼이나 공부했다는 자부심에 열심히 공부한 것 같은 생각도 들었다. 마치 고등학생 때 빽빽하게 필기한 노트를 보고 뿌듯해하는 것과 같은 느낌이었달까.

타인의 생각을 읽고, 공부하는 것도 중요하다. 내 목소리를 낼 수 있는 것도 결국에는 남들의 생각을 받아들인 뒤에 가능하다. 하지만 논문을 쓰는 동안 지금까지 내가 했던 공부가 껍데기에 불과했다는 사실을 깨달았다. 내 목소리 한 줄을 내는 것이 너무나 어려웠던 것이다. 위기가 찾아왔다.

세상에 존재하는 수많은 논문, 검은색 장정을 입은 논문들을 보며 나도 할 수 있다는 생각보다는 두려움이 앞섰다. 이 생각이 맞는 건지, 이렇게 말해도 되는 것인지를 끊임없이 검열했다. 사실 석사 논문 수준이 기존의 연구사를 검토하고 그것을 토대로 내 생각을 드러내는 것이라 나만의 생각이 그렇게 많이 담기지도 않는데 말이다. 신종 플루가 유행할 시기였다. 나는 그때 가벼운 감기처럼 신종 플루를 앓고 넘어갈 정도로, 극도의 긴장감으로 매일의 시간을 보냈다. 지금까지 '선생님'이랍시고 자신만만하게 내뱉었던 '문장'들이 부끄러워지기 시작했다. 나는 실상 아무것도 모르는 백지에 가까웠다.

그즈음 늦은 진로 고민에 휩싸였다. 남들은 대학에 갈 때 혹은 졸업할 때 한다는 진로 고민을 대학원 석사 과정 졸업할 즈음 시작한 것이다. 석사 논문을 쓰고 나면 박사 과정에 들어가야 하는지, 아니면 지금이라도 취업에 뛰어들어야 하는지 고민이 됐다. 당연한 결과였다. 너무 앞만 보고 달려왔는지 지금 내가 어디에 서 있는지도 모를 지경이었다. 아니 솔직히 '석사 학위를 받을 수는 있을까?' 하는 의문의 날들이었다. 그런 나를 잡아준 것은 함께 공부했던 동기 언니였다. 외국인이라서 더 어려웠을 대학원 과정에서 우리 둘은 한 사람이 그만두고 싶어 하면 다른 한 사람이 잡아주는 과정을 반복하며 견뎌냈다.

모르는 게 너무 많고, 읽어야 할 책이 너무 많았는데 그걸 모르고 있었다는 게 부끄러웠다. 그 생각은 지금도 마찬가지다. 이전에 학생들 앞에서 "이건 이거야." 라며 단정 짓고 뱉었던 그 많은 말이 그렇게 부끄러울 수가 없었다. 많은 학자가 사소한 개념부터 진지하게 곱씹고, 들여다보고, 다시 곱씹은 과정들을 보고 있노라니 내가 공부랍시고 지적 허세로 쌓아왔던 많은 말이 와르르 무너졌다. '그래, 이왕 할 거 제대로 공부해야겠다.'

석사 과정에 입학할 때와는 다른 각오였다. 박사 과정에 진학한다면 진짜 공부를 해야겠다고 생각했다. 다른 학자들의 생각을 비판 없이 받아들이는 껍데기가 아닌 내 목소리를 한 줄이라도 낼 수 있는 그런 연구자가 돼야겠다는 마음이었다. 학원 강사도 잠시 그만두고 종일 도서관에 붙어 있었다. 그리고 결국 석사 논문이 나왔다. 부끄럽고 부족한 논문이지만, 졸업했다고 졸업장도 나왔다. 이제 '문학사'가 아닌 '문학 석사'가 된 것이다. 졸업 가운을 입고 함께 공부했던 동기와 졸업식에 섰지만, 부모님이나 가족을 초대하지는 않았다. 석사 졸업보다 박사 때 진짜 공부를 마치고 축하를 받아야겠다는 생각이었다.

석사 논문을 쓰며 그동안 들여다보지 못했던 내 속의 진짜 열망을 확인한 시간이었다. 가르치는 일이 좋아 더 공부하고 싶었지만, 행여나 중간에 하다가 안 맞으면 그만두겠다는 안일한 마음으로 시작했던 대학원 생활이었다. 그런데 석사 논문을 쓰기 위한 마지막 과정을 겪으면서 제대로 공부해야겠다는 다짐을 하게 됐다. 그래서 박사 과정 입학 원서를 썼다. 확실히 2년 전 그때와는 다른 마음이었다.

꿈으로 한 발짝

내 꿈이 무엇인지, 고민해야만 했다. 남들보다 늦긴 했지만, 그렇다고 아주 늦은 것도 아니었다. 박사 과정에 지원하는 자기 소개서를 붙들고 내 꿈을 다시 들춰봐야만 했다.

처음에는 단순히 가르치는 일이 좋았다. 학생들 앞에 서는 것, 그게 내 꿈이라고 생각했다. 학원 강사로 만나는 학생 중에서도 지금 연락하는 친구가 있을 정도로 정을 나눌 수 있었다. 하지만 학생들 앞에 서는 건 엄청난 책임감이 있어야 하는 일임이 분명했다. 그래서 공부를 더 하기로 했고, 공부하면서 나는 내가 즐거워하는 공부가 무엇인지 알게 됐다. 내가 좋아하는 공부를 가르치는 일을 한다면 그로써 완벽할 것 같았다. 대학 강단에 서는 것이 꿈이 된 것도 그것이었다. 재미있게, 즐겁게, 하고 싶은 일을 하고 싶었다.

'선생'이라는 단어에 관심을 가진 것도 그때였다. 누구나 한 번쯤 이런 경험이 있지 않을까, 너무나 익숙했던 단어가 어느 순간 굉장히 낯설어지는 경험 말이다. 뒤돌아보니 나는 한 번도 '선생'이라는 단어에 대해 깊이 생각해보지 않았다. 자신이 아는 것을 전달하는 사람이라고 생각했는데 그게 아니었다. 선생님은 학생들에 비해 조금 앞선先 생生을 살았던 사람, 거기에서 크게 벗어나지 않았다. 학생들보다 무조건적으로 많은 것을 알고 있지도 않고, 또 안다고 하는 것이 백 퍼센트 맞다고 확신할 수도 없다. 틀리는 경우도 있고, 학생들을 통해 배우기도 한다.

그럼에도 가르치는 사람이 되고 싶었던 이유는 내가 받은 좋은 선생님들의 영향 때문이었다. 단지 나보다 조금 더 앞선 생을 살았던 사람들이라고 하기에 나는 너무나 많은 것을 배우고 받았다. 선생님들을 유난히 잘 따랐던 나는 쉬는 시간에 교무실에 가는 게 하나의 고정된 일과였다. 누군가를 진심으로 따르고 좋아하면 상대방도 그것을 알게 마련이다. 선생님들은 선생님들을 잘 따르는 나를 알아봐주곤 했다. 많이 어려웠던 학창 시절, 선생님들은 다양한 방면으로 큰 힘이 돼줬다.

박사 과정에 들어가면서 내 꿈을 전면 재배치했다. 열심히 공부하는 것, 그리고 그 안에서 제대로 된 선생님이 되기 위한 나만의 방법을 찾는 것이 그 목표였다. 일단 모르는 것이 너무 많으니 박사 과정을 다니면서 내 목소리를 낼 수 있는 공부를 열심히 해야 했다. 이런저런 공부를 하고, 성과를 내봐야겠다는 학업 계획서를 짜면서 진짜 공부를 하고, 진짜 꿈을 이뤄야겠다고 생각했다. 반가운 합격 소식이 이어지고, 여러 다짐으로 한 학기가 시작됐다. 석사 때보다 조금 더 무거운 마음으로 공부에 임해야겠다고 다짐했다. 그리고 그 학기를 마무리한 여름.

덜컥, 꿈이 이뤄진 것이다.

내가 되고 싶었던 선생님

어린 나이였다. 스물여섯이었고, 공부도 경력도 한참이나 부족했다. 그럼에도 운이 좋아 시작하게 된 시간 강사 일 앞에서 고민에 고민을 거듭해야만 했다. 이왕이면 잘하고 싶은 욕심이 생겼다.

강단에 서기 전에 어떤 선생님이 될 것인가를 고민해야 했다. 이런저런 이상적인 선생님의 모습을 그리다가 되고 싶은 모습보다 절대로 하지 말아야 할 것을 생각했다. 아직 이상적인 선생님의 모습을 그리기는 어려웠다. 학생들이 싫어하는 선생님의 모습은 어떤 것일까, 생각하니 내가 스무 살 대학생이었던 때가 떠올랐다.

지금도 학생들을 만나면 종종, 아니 생각보다 자주 내가 학부생이었던 때를 떠올린다. 특히 스무 살이었던 1학년을 자주 생각한다. 동기들과 만났던 일들, 때로는 다투고 마음 상했던 일들, 동아리 활동을 했던 일들 등 이제는 미화된 '추억'들이 떠오르곤 한다. 그런데 수업으로 들어가면 달라진다. 기억나지 않는다. 심지어 한 학기 내내 수업을 들었던 교수님의 성함은커녕 얼굴도 잘 기억나지 않아 모자이크 처리된 채로 복기되는 때가 많다. 여전히 내가 무슨 수업을 들었는지 기억나지 않는다.

그래서 기억에 남는 선생님이 되고 싶다. 내가 이토록 기억하지 못하는 수많은 교수님(이라는 이름의 강사님)의 자리에 서게 될 것이라 생각하니 너무나 서글펐다. 학부생이었던 때를 계속해 떠올리는 이유도 그것이다. 내가 만나는 학생들이 그즈음의 나이기 때문이다. 그때의 내가 싫어했던 것을 반복하고 싶진 않았다.

첫째, 재능으로 판단하지 않기
소설인가 희곡인가, 여하튼 창작 수업이었다. 대부분 우리 학번의 친구들이었지만, 다른 학번의 몇몇 선배도 함께 들었다. 책상을 빙 둘러 둥그렇게 앉아 합평을 진행하는 수업이었기 때문에 서로 얼굴을 마주 보고 앉을 수밖에 없었다. 수업에 자주 빠지는 선배가 있었다. 연달아 본 적이 없을 정도니 한 달에 두 번 정도만 출석했던 것 같다. 상대 평가의 늪에 빠진 우리는 내심 그 선배가 C를 깔아줄 것이라 예상하며 안도했다. 그런데 그 선배의 합평 순서가 됐을 때 나는 놀라지 않을 수 없었다. 그 선배의 글이 정말 좋았다. 교수님 역시 동의하셨고, 전례 없이 칭찬으로 강의 시간을 채웠다. 성실하지 않아도 배울 것이 많은 선배라고 생각했다.

문제는 성적이었다. 잘 쓴 글 한 편을 빼고는 모두 면에서 불성실했던 선배였다. 출석 점수는 물론이고, 동료 합평 활동에도 입 한 번 뻥긋한 적이 없었기에 활동 점수도 전무했을 것이다. 자주 빠졌고, 나오더라도 별다른 열의를 보이지 않던 선배. 그런데 그 선배가 A, 그것도 A+를 받았다는 소문이 돌았다. 에이 설마, 하면서도 글을 잘 써서 좋은 점수를 줬는가에 의문이 들었다. 소문은 사실이었다.

물론 잘하는 사람이 좋은 성적을 받을 수 있다. 그 교수님은 잘 쓴 글을 평가의 최고 요소로 봤을 수도 있다. 나는 그게 너무 억울했다. 실력이 있는 사람들은 학교 밖에서도 인정받을 수 있다. 그런데 우리가 있는 곳은 학교니까 그렇게 하면 안 된다고 생각했다. 출석과 수업의 규칙, 이것을 기반하는 성실성이 평가의 기준이 돼야 한다고 생각했다. 생각해보면 그 교수님은 출석도 잘 부르지 않았던 것 같다.

그래서 처음 강의를 맡았을 때부터 지금까지 꾸준하게 지키는 것은 바로 출석 점수다. 되도록 매번 출석을 부른다. 과제 제출의 시간 엄수는 물론이고 분량이나 형식을 지켰는지도 본다. 강의실은 사회의 전 단계가 돼야지, 사회 그 자체가 돼서는 안 된다고 생각한다. 열심히 노력하면 좋은 점수를 받을 수 있다는 것을 보여주고 싶다.

둘째, 학생들이 안 되는 것은 나도 안 하기
이것은 앞의 내용과 연결되는 이야기이기도 하다. 학생들에게 출석과 과제 제출의 시간 엄수가 중요한 만큼 나도 지각하지 않으려고 노력한다. 결강도 마찬가지다. 10여 년간 강사 생활을 하면서 한 번도 지각과 결강을 하지 않았다는 게 가장 자랑스럽다.

물론 지각과 결강이 있다고 해서 나쁜 선생님이라는 건 아니다. 사람 사는 일에 피치 못할 일은 반드시 존재하기 때문이다. 사실 최근 강의에서 나 역시 '피치 못할 사정'이라는 것으로 지각과 휴강을 할 뻔했다.

경기도에서 서울까지 올라가는 길, 늘 막히는 구간이 있다. 씽씽 달리다 비상등을 켜고 속도를 줄여야 하는 곳은 강남 진입 구간이다. 여느 때처럼 비상등을 켜고 속도를 줄였고, 앞차와 간격을 두고 거의 멈췄을 때 뒤에서 쿵, 하는 소리와 함께 충격이 전해졌다. 버스 전용 도로 바로 옆 차선이었는데 처음 사고를 당해 그대로 밖으로 나갔다. 방금 난 사고보다 2차 사고가 더 위험할 수도 있었는데 말이다.

상대방 차주도 밖으로 나왔다. 우리 차에 비해 크기가 작았기에 우리 쪽 손실보다 저쪽이 더 커 보였다. 어떻게 하냐며 발만 동동 구르고, 버스는 옆에서 위협적으로 달리는 와중에 우리 때문에 교통 체증이 더해지는 것 같았다. 다행히 출동한 경찰차에 의해 갓길로 이동했고, 보험사 접수로 마무리했다. 차가 부서지거나 사람이 크게 다치지 않아 가능했던 일이다.

중간 고사 기간이었다. 교생 실습을 나가는 학생들을 배려해 중간 고사는 보지 않기로 했고, 대신 수업하기로 했던 터였다. 시험 기간에 수업한답시고 나오라고 하고는 내가 늦을 생각을 하니 아찔했다. 그래서 사고가 나고서 제일 먼저 든 생각도 '수업에 가야 하는데'였다. 내 의지대로 안 될 수도 있는 일이었다. 속도가 줄어든 지점에서 난 사고여서 망정이지, 고속도로 사고라는 걸 다시 상기할수록 오싹하다. 일찍 출발한 덕분에 수업에 늦진 않았지만 말이다.

대학교에는 휴강하면 반드시 보강해야 하는 규칙이 있어 웬만하면 휴강하지 않으려고 노력했다. 사고가 났던 학기, 수업이 마지막을 향해 가는데 장염에 걸려버렸다. 토하고 설사하고 난리가 난 와중에 이틀 동안은 물로만 연명해야만 했다. 금요일이었고, 시험이 끝난 뒤 성적 확인을 하는 학교만 남은 상황이었다. 도저히 갈 수가 없을 것 같았는데 다행히 아침에는 속이 좀 괜찮아졌다. 에너지원을 섭취하지 못해 기운이 없긴 했지만, 운전은 할 수 있을 듯했다. 마지막 수업인데 휴강하면 방학 중에 보강해야 하고, 학생들 일정이 있어 조율도 어려운 일이었다. 결강은 막았지만, 학교까지 운전해서 가는 길에 팔다리가 덜덜 떨렸던 기억이 난다.

이 두 사건을 한 학기에 겪으면서 든 생각은, 어느 일에나 '반드시'는 없다는 것이다. 학생들도 피치 못할 사정으로 수업에 나올 수 없는 일이 있듯이 선생님들도 마찬가지인 것이다. 그럼에도 지각이나 결강을 하지 않을 수 있었던 건 그것을 지키려고 노력하는 성의를 보였기 때문이다. 학생들이 지각하거나 결석하지 않도록 요구하기 위해서는 나도 노력해야 한다는 것이다.

셋째, 내 의견을 드러내지 않기
아직 사고의 체계가 잡히지 않은 학생들에게는 선생님의 생각을 배울 필요가 있다. 지식을 배운다는 일은 그 선생님의 생각을 받아들이는 일이기도 하기 때문이다. 내가 전공하는 인문 계열에서 지식을 가르치는 일은 절대로 객관적일 수 없다. 그것을 해석하는 사람에 따라 의미가 달라지기도 하지만, 여러 개의 답으로 나뉘기도 한다. 그래서 선생님의 생각을 배울 수밖에 없다.

하지만 나는 조금 다른 의미에서 생각을 드러내지 않으려고 노력한다. 생각을 배우는 것을 나쁘다고 할 수는 없다. 하지만 내가 어떤 사안을 이야기하는 것으로 누군가는 상처를 받을 수도 있다. 물론 수업하는 것 자체가 내 주관적이고 사적인 생각을 담은 것이다. 언어에는 내 생각이 담겼기 때문이다. 그럼에도 최대한 내 말로 누군가가 상처 입지 않기를 바란다. 누군가가 상처 입을 수 있는 주제라면, 그것에 대한 강한 확신이 있더라도 입 밖으로 꺼내지 않도록 노력한다. 만약 의견이 드러나는 이야기라면, 최대한 다양한 의견을 제시해보도록 노력하려고 한다.

선생님과 학생 사이에 위계는 존재한다. 많이 허물었다고도 하지만 그래도 여전히 우리 사이에는 위계가 있다. 아이들은 한 곳에 앉아 나를 쳐다보고, 나는 조금 더 높은 곳에서 아이들을 바라본다. 강의실에 따라서는 아이들이 나보다 더 높은 곳에 위치할 수도 있지만, 그런 물리적인 공간을 말하는 것이 아니다. 내가 고개를 숙이고 눈을 맞춘다 한들 선생님이기 때문에 갖는 영향력이라는 것이 있다. 새로운 관계를 형성한답시고 선생님과 학생 간의 위계가 아예 없다고 말한다면, 강의실 안에서 실제로 일어나는 현상을 무시하는 것과 같다. 위계가 있음은 인정하되 그것의 차이를 최대한 낮추려고 하는 것이 우리가 할 일일 것이다.

그럼에도 나 역시 내 생각을 드러내는 수업을 할 수밖에 없을 것이다. 그래도 주의하고자 생각하는 것과 그냥 말하는 것에는 차이가 있을 것이라 믿는다.

대학교 강의실이라는 곳은 중고등학교나 학원과는 다른 의미의 지식을 습득하는 곳이라고 생각한다. 수용적인 것에서 벗어나 폭발할 수 있기 위한 발판이 돼야 한다. 물론 앞으로 내가 담당하는 학생들이 생기고, 상황이 바뀌면 이런 내 생각 역시 바뀔 것이다. 그래도 시간 강사로 시작하며, 그리고 10년을 보내며 내가 지키려고 노력했던 것들이다. 물론 내가 노력했다고 해서 그것이 반드시 잘 지켜졌다고 할 수 있는 일은 아니다. 판단은 학생들의 몫이기 때문이다.

자기 소개서 쓰는 법?

여름 방학이 시작하던 즈음 학교에서 연락을 받고, 그 방학에는 수업 준비로 모든 시간을 보냈다. 그리고 나는 손을 벌벌 떨며 학생들 앞에 섰다. 2학점씩 총 4개 반. 처음 만난 학생들은 전문대학교 학생들이었다. 2년 혹은 3년 동안 기술을 익혀 바로 사회로 나가는, 생각보다 학과 일정이 빡빡한 학생들이었다. 나는 이 친구들에게 '읽기와 표현'이라는 과목을 맡아 강의했다. 여기서 표현은 '글쓰기'에 관련된 것이다. 이때만 해도 교양에서 '말하기'보다는 '글쓰기'가 큰 비중을 차지했다.

간단한 맞춤법과 문장론, 학생들과 같이 읽을 자료들, 글쓰기 연습까지. 따로 교재가 없는 수업이었기에 나는 내가 아는 글쓰기에 도움이 되는 내용을 정리했다.

두툼하게 출력된 교재를 갖고 뿌듯하고 설레는 마음으로 학교에 나갔다. 수업을 들으러 오는 곳이 아닌, 강의만을 위해 가는 곳. 학생이 아니어서 그랬는지, 내 자리가 아닌 것 같은 낯선 느낌을 쉽게 지울 수 없었다. 그런 낯선 느낌마저 좋았다. 식당은 어디에 있는지, 휴게실은 어디에 있고 학과 사무실은 어디에 있는지 등을 찾아다니는 동안 출력물을 손에 소중하게 쥐고 있었다. 마지막으로 교내 제본 가게에 들러 출력물을 맡기고는 담당 교수 이름을 적는 칸에 내 이름을 적고는 씩, 혼자 웃기도 했다.

내가 아는 모든 정보를 쥐어짜서 아이들과 함께하리라 다짐했다. 떨리는 첫 만남과 몇 번의 수업. 수업에 들어가기 전 긴장만 극복하면 나름 할 만했다. 학원 강사를 하며 다져온 시간이 그럭저럭 도움이 된 것이다.

문제는 예상치 못한 곳에서 발생했다. 내 의욕과 학생들의 그것이 다르다는 것이었다. 읽을거리를 많이 찾아주고, 글 쓰기 과제를 많이 내준다는 건 곧 내 괴로움을 의미하는 것 이기도 했다. 개개인의 학생은 하나의 과제를 제출하는 것 이지만, 나는 그 학생들의 과제를 모두 걷어 받는 것이기에 내 노력으로 학생들의 만족이 올라갈 것이라고 여겼다. 그 때의 나는 그것을 학생들을 위한 '희생'이라고 생각했다.

그날도 자기 소개서를 봐주겠다며 큰소리를 떵떵 쳤다. 스스로 PR해야 하는 요즘 같은 시대에 회사에 들어가기 위한 자기 소개서가 얼마나 중요한지 알아야 한다면서 대기업 입사 면접에 관련된 신문기사를 출력해오고 야단이었다. 학생들은 미묘하게 표정 변화를 일으켰던 것 같지만, 그것을 제대로 발견하지 못한 나는 무엇이 잘못됐는지 알지 못했다. 회사에서 탐낼 만한 자기 소개서를 만들어주겠다는 의지만 활활 태우고 있을 뿐이었다. 강의가 끝나고, 가방을 정리하고 있는 내게 반대표가 쭈뼛거리며 다가왔다. "저…." 멋쩍게 입을 연 학생은 내게 이렇게 말했다. "저희는 대기업 자기 소개서보다는…."

우물거리는 말이 무슨 뜻인지 몰라 갸우뚱하는 내게 학생이 펼친 것은 포트폴리오였다. 예술을 전공하는 친구들에게 기업에 들어가기 위해 잘 구성된 자기 소개서는 필요 없었던 것이다. 챙기던 가방을 내려놓고 나는 그 학생과 이야기를 나누기 시작했다. 아이들 역시 글쓰기의 중요성을 모르는 것은 아니지만, 예술이라는 특성상 일정한 형식의 자기 소개서는 필요하지 않았던 것이다. 일반적으로 알려진 자기 소개서가 아닌 자신들만의 글쓰기가 필요한 아이들이었다. 자신들의 철학을 이야기하고, 글을 쓸 수 있는 기회를 만들고자 하는 목소리에 귀 기울이지 않을 수 없었다.

나는 왜 모두 같은 글을 쓰고자 한다고 생각했을까. 왜, 모두, 같은 길을 가고자 할 것이라고 여겼을까. 정작 학생들에게 필요한 것이 무엇인지 생각하지 못했다. 나 역시도 회사

입사가 아닌 다른 길을 걷고 있으면서 말이다.

그후 우리가 어떤 수업을 했는지는 자세하게 기억나지 않는다. 하지만 분명한 건 틀에 박힌 글을 쓰는 시간으로 무의미하게 보내진 않았다는 것이다. 일주일에 2시간, 길면 3시간. 한 학기당 15주에서 16주. 우리가 만날 수 있는 시간은 비교적 짧고, 늘 아쉽다. 그 짧은 시간이라도 도움이 되는 걸 함께할 수 있다면, 하나라도 남는 것이 있다면 좋겠다는 마음을 잊지 않으려고 노력한다. 처음 내게 자신들에게 필요한 글쓰기가 무엇인지 이야기해줬던 그 학생의 용기를 기억하며 말이다.

그래서 말인데 자기 소개서를 쓰는 '법'이란 없다.

인터넷 쇼핑 주의보

쇼핑을 좋아한다. 가게에 직접 가는 쇼핑도 좋아하지만, 대부분은 인터넷으로 사는 걸 즐긴다. 차 타는 것에 피로함을 느끼기 때문에 쇼핑하러 어딘가로 가는 것도 어렵고, 막상 가서도 내가 원하는 옷을 찾는 게 쉽지 않다. 현재 유행하는 옷이라면 어느 가게라도 상관없지만, (강의할 때 입기 적당한) 길이가 긴 니트라든가, 검은색에 가까운 청바지와 같은, 유행과 상관없는 종류의 옷은 우연히 들어간 가게에서 찾기 어렵다.

백화점이나 아울렛보다는 이른바 '보세'라고 불리는 길가 상점에서 사는 것을 좋아한다. 가게 주인이 가까이 와서 가격을 묻고 답해야 하는 가게보다는 학생들이 많이 찾는 거리의 옷가게를 좋아한다. 이런 옷가게의 옷은 대부분 가격표가 붙어 있기 때문이다. 이런 데서는 아주 기본 형태의 티셔츠를 사기 좋다. 같은 가격으로 내가 좋아하는 재질의 옷을 비교해 살 수 있다. 기본 형태의 옷일수록 재질을 만져봐야 좋다. 그래서 기본 형태의 티셔츠는 직접 가서 사는 편이다. 사실 그마저도 요즘 인터넷을 이용한다. 쇼핑하러 나갈 시간도 없거니와 대학가 근처에 살던 때와 달리 아파트가 즐비한 동네에 살고 있어 근처에는 그런 쇼핑 거리가 없다.

어쨌든 상점에 들어가는 일은 여전히 어렵다. 어렸을 적 겪은 가난은 어른이 되고도 종종 그 영향을 끼친다. 예를 들면 백화점 가는 일 등이 그렇다. 돈이 없는 건 아닌데 그 안에 들어가면 괜히 주눅 들고 점원이 말 걸지 않았으면 하는 마음이 간절해진다. 이런 생각들은 쇼핑을 불편하게 한다. 이러저러한 이유로 인터넷 쇼핑을 더 즐긴다.

그런데 인터넷 쇼핑이 갖는 단점이 있다. 바로 언제나, 어디서나, 많은 사람이 손쉽게 이용할 수 있다는 것이다. 사람의 취향이 신기한 게 작년까지 분명 눈에 띄지 않았는데 올해 들어서는 눈에 들어오는 디자인이 있다. 아마 무의식적으로 지나는 사람들의 옷을 혹은 텔레비전에 나오는 디자인이 내 선호도에도 영향을 끼치는 듯하다. 그래서 사람들의 취향이 제각기 다름에도 유행이라는 것이 계속 돌고 도는 것이다. 작년에는 쳐다도 보지 않던 숏패딩이 올해 눈에 들어오는 것이 그렇다.

이러한 일은 내게만 일어나지 않는다. 다른 사람들에게도, 특히 용돈이 넉넉하지 않거나 나와 비슷한 이유로 인터넷 쇼핑을 즐기는 사람들에게도 시선의 변화는 찾아온다. 즉 유행처럼 번지는 비슷한 옷을 찾게 된다는 것이다.

처음 그 일을 겪은 건 강사가 된 초반 여름이었다. 여전히 기억이 생생한 이유는 민망함 때문이다. 인터넷 쇼핑몰에서 산 줄무늬 니트였다. 전체 길이도 적당했고, 줄무늬를 워낙 좋아하는 터라 받자마자 바로 입고 강의에 나갔다. 그런데 출석을 부르다 보니 어떤 학생 한 명이 나와 똑같은 옷을 입었다. 본인을 포함해 주변 친구들은 아직 발견하지 못한 듯 보였다.

고민하는데 그 학생과 눈이 마주쳤다. 모른 척 지나가자니 옷이 너무 똑같아 "우리 같은 옷 입었네요." 라고 웃으며 말을 건넸다. 옷을 보고 알 수 없는 표정을 짓던 학생도 입으로 손을 가리고 웃었다. 주변 학생들은 고개를 돌려가며 우리의 옷을 확인했고 오, 짧은 탄성이 나오기도 했다.

그리고 이런 일은 지금도 종종 생긴다. 크림색 짧은 패딩이 눈에 들어와 보자마자 결제를 눌러버렸다. 그런데 배송 기간이 꽤 걸릴 때부터 알아봤어야 했다. 그 옷은 여전히 내 결제창 속 '배송 대기' 상태에 머물러 있다. 캠퍼스에서 몇몇 학생이 그 옷을 입고 활보하고 있었다. 이런 경우라면 그 옷이 배송되더라도 학교에는 입고 갈 수 없다. 크림색 패딩은 흔하지만, 진한 갈색의 양털 소재 카라는 흔하지 않았던 것이 원흉이었다. 내 눈에 무난하고 예뻐 보이는 옷은 다른 사람들에게도 그럴 수 있다. 길을 걷다 같은 옷을 입은 사람을 마주했을 때도 민망한데 하물며 같은 강의실에 앉아 있는 학생과 선생 사이라면 서로 얼마나 민망할까. 그래서 옷 살 때는 늘 생각해야 한다.

그나마 다행인 건 인터넷 쇼핑에 실패하지 않는 방법도 터득했다는 것이다. 방법은 어렵지 않다. 최대한 짙은 색에 무늬가 없으며, 디자인이 화려하지 않은 옷을 고르는 것이다. 이런 경우 같은 옷을 입더라도 크게 눈에 띄지 않는다.

강사 생활 10년, 강산만 변한 게 아니라 패션 스타일도 바뀌었다. 분홍색이 들어가거나 세일러 카라의 소녀스러운 옷도 좋아했는데 이제 그런 옷은 잠옷으로만 입는다. 언젠가는 내가 입고 싶어 하는 옷을 입고 강의실을 활보할 수도 있겠지만, 아직은 아니다.

스무 살 언저리, 함께하는 영광

학교를 졸업하고도 계속해 학교에 머무를 수 있다는 건 행운이다. 계절마다 시시각각 변하는 풍경들과 그냥 그 자체로도 찬란한 스무 살 언저리를 지나고 있는 학생들의 기운으로 가득한 캠퍼스는 해마다 봐도 매번 새롭고 경이롭다. 막 새로운 삶의 경계에 선 학생들이 내뿜는 에너지는 내게도 긍정의 영향을 준다.

학생 신분에서 벗어난 후 비슷한 삶을 산다. 매일이 비슷한 일상의 반복. 그 안에서 느껴지는 안정감도 매력적이지만, 안정감에 속아 어딘가로 벗어나는 것을 갈망하는 것도 사실이다. 그래서 여행을 떠나 일상과 멀어지거나 영화나 소설, 웹툰, 드라마 등의 이야기를 통해 다른 사람의 삶을 접하기도 한다. 그런데 학생들과 함께 있으면 내 딴에는 비슷한 일상이 반복되는 것임에도 이전과 전혀 같을 수 없는 새로움을 얻는다.

개강하는 달은 늘 새롭고 설렌다. 학생들의 사뿐한 발걸음에도, 별것도 아닌 말들에 까르르 웃는 소리에도, 부모님이나 친척 어른들이 사줬을 법한 빳빳한 가방에도 설렘이 사뿐히 앉는다. 뭔가 어설픈 학생들의 표정과 화장, 차림새까지도 모두 다 귀엽다. 어설픔이 사랑스러울 수 있는 놀라운 나이다. 그래서 3월이나 9월, 미세 먼지가 심하지 않고 날이 춥지 않을 때면 편의점 김밥을 사서 캠퍼스 벤치에 앉아 끼니를 해결하곤 한다. 지나가는 학생들을 보면 나도 학생이 된 듯한 기분에 사로잡힌다. 영원히 늙지 않을 캠퍼스의 낭만이다.

내 삶의 스무 살을 이렇게나 자주 기억할 수 있다는 것도 행운이라고 생각한다. 자주 떠올리기에 잊지 않는다. 기억 언저리로 사그라들 뻔했던 추억들도, 캠퍼스에 오래 머무르며 자주 꺼내 든다. 기억력이 좋지 않는데도 스무 살의 그 기억은 지금도 생생하다. 가장 반짝였을 그 나이의 나를 자주 기억해주는 건 지금의 내게도, 그때의 내게도 감사하다.

무엇보다 학생들 인생의 가장 아름다운 한 페이지를, 잠깐이라도 스치듯 함께할 수 있음은 늘 영광이라고 생각한다. 비록 스무 살의 내가 그랬던 것처럼 학생들이 나를 기억하지 못할지라도 말이다.

나와 너의 다름

학생들에게 내 수업이 아주 조금이라도 의미 있는 시간이 되고 싶다고 늘 다짐하는데도 내가 중요하다고 생각하는 것을 포기하기란 쉽지 않다. 글쓰기의 형태나 종류, 그리고 주제에 대해서는 유연하게 바꾸며 수업을 이끌기 위해 노력하지만, '글쓰기' 자체의 중요성을 강압적으로 주입하는 경향이 있다.

이것은 과제의 압박이나 잔소리로 연결된다. 스스로 '젊은 꼰대'라 그렇다며 학생들에게 농담을 던지면서도 나는 이것이 학생들에게 도움이 되는 일이라 여겨 빠뜨리지 않고 그 중요성을 강조했다. 사실 지금도 그 마음은 변함이 없다.

글쓰기나 말하기는 우리 삶을 살아가는 데 매우 중요한 능력이다. 아름다운 문장을 쓰거나 기가 막힌 서사를 구성하자는 이야기가 아니다. 제아무리 좋은 생각을 갖고 있다고 해도 그것을 표현하는 데 미숙하면 그것은 결코 좋은 생각이 될 수 없다. 의사 소통의 기본이 되는 이 능력이야말로 전공만큼이나 중요하다고 생각한다.

그래서인지 강의하다 보면 자꾸 잔소리를 늘어놓는다. 지금 돌이켜 생각해보면 진짜 학생들을 위한 마음도 있겠지만, 내 수업을 더 열심히 듣고 특별하게 생각해줬으면 하는 바람에서 비롯된 것이 아닌가 싶다. 교양 수업이지만, 전공 수업처럼 열심히 듣고 특별히 생각해줬으면 하는 마음.

그런데 학생들에게 이런 것을 '강요'하면 안 되겠다고 최근 들어 생각했다. 중요하다고 생각하는 것과 잘하는 것은 별개의 문제임을 지독하게 깨우쳤다.

우연히 이전과는 다른 방식의 수업을 제안받았다. 인문학적 지식뿐 아니라 사회학, 과학, 경제학 등 다양한 지식을 한데 모아 함께 토론하는 수업이었다. 지난 10여 년간 토론에 대한 수업도 적지 않게 맡았던 터라 자신 있게 응했다. 다양한 전공을 가진 학생들이 한데 모였다. 국문학과부터 경제학과, 생명공학과, 사회학과에 의예과까지. 단과대와 단과대별 캠퍼스를 가로지르며 다양한 학생이 모였다. 플립트 클래스flipped class라고 동영상 강의를 시청하고 글을 쓰고 발표와 토론을 통해 생각을 나누는 수업이었다.

방학이 끝날 무렵 급하게 받은 과목이었기에 참고 문헌을 중심으로 내용 파악에 들어갔다. 그리고 수업을 준비한 첫 날, 후회했다.

이건 도저히 내가 장악할 수 있는 영역이 아니었다. 인문학적 요소를 들여다보는 일이야 내 전공과도 부합하니 공부하는 셈 치고 읽어갈 수 있었다. 문제는 과학, 아니 경제, 아니 경영. 아니 내가 손 뻗을 수 있는 영역이 아닌 모든 곳에서 문제가 발생했다.

혼자 책 보는 것을 포기하고 유튜브를 켜놓고 공부하기 시작하다 바로 그만뒀다. 들여다본들 0.0000001퍼센트도 이해할 수 있는 여지가 없었다. 책 앞에서 이렇게 무력감을 느껴보긴 처음이라 당황한 마음은 쉽게 풀리지 않았다.

무력감은 강의할 때 자신감 하락으로 이어졌다. 물론 이 수업이 내게 완벽한 지식을 전달하는 것을 요구하는 수업이 아니라는 건 머리로 이해했다. 그럼에도 아이들에게 내가 모른다는 것을 들키지 않을까, 내가 아는 말로만 수업을 이끌어가며 뭔가 켕기는 느낌을 계속 받았다. 좋게 생각하면 잘하고 싶은 마음에서 그랬던 것이지만, 당시 당혹스러움을 감출 수 없었다.

같은 학기, 다른 학교에서 맡은 글쓰기 수업에 들어가 자신감을 회복하며 공대 전공생들에게 상대성 이론에 대한 어려움을 토로했다. 학생들은 자신들도 어렵다며 웃었다. "다들 좋아서 하는 거죠? 어때요?" 그 숫자만 있는 두꺼운 책. 농담 삼아 던진 말인데 한 학생이 곰곰이 생각하더니 답했다. "글쓰기보단 쉬운 것 같아요."

내가 가는 방향과 가는 길이 다른 공부가 얼마나 어려운지 절감하고 난 뒤라서 그랬을까, 그 학생의 한마디로 많은 생각을 했다. 마치 처음 학원 강사를 했을 때 '국어'가 누군가에게는 싫은 과목일 수도 있었다는 것을 깨달았을 때처럼 말이다. 내가 수학 문제를 받아들고 막막했던 그 느낌을, 누군가는 원고지를 받아들고 느낄 수도 있다는 사실. 그래서 이제는 최대한 내가 중요하다고 생각하는 것을 이야기하되 강요하지 않으려 한다. 누군가는 그것으로 무력감을 느낄 수도 있으니 말이다.

여러 학생을 만나면서 매번 뭔가를 깨닫는다.

강의 평가 우수, 모두에게?

잘난 체하자면 강의 평가 점수가 좋은 편이다. 안 좋았던 적이 있어도 그 점수는 평균을 웃도는 정도였다. 그런데 겸손으로 말을 또 이어가자면 내가 엄청난 지식의 아우라를 뽐내 그런 건 아니라는 점이다. 지식적 부분보다는 학생들에게 열정으로 다가갔기에 중간 이상의 결과를 낼 수 있었다.

늘 학생들의 사랑을 열망했다. 학생들이 주는 강의 평가 점수나 수업 평가에 대해 지나치게 집착했다. 긍정적 강의 평가는 매 학기 자랑거리가 됐다. 잘 받은 강의 평가는 파일로 만들어 고이 저장해둔다. 개인 SNS에 자랑거리로 올리는 건 덤이다. 마치 강의 평가가 내 가치를 결정하는 지표가 되는 양 말이다. 하지만 문제는 늘 언제나 좋은 평가만 있는 건 아니라는 점이다.

처음부터 그랬다. 10명을 만나든 30명을 만나든 혹은 80명이 넘는 대형 강의를 맡든 언제나 강의 평가에는 부정적 이야기가 함께 있었다. 애써 신경 쓰지 않으려고 노력하지만,

99개의 좋은 평가보다 1개의 나쁜 평가가 눈에 띄었다. 모든 사람에게 인정받을 수 없는 것이라고 생각하고 곱씹어도 나쁜 평가가 도드라져 보였다. 좋은 평가의 이면에는 나쁜 평가가 존재했다. 그래서 한 번은 반드시 모든 학생에게 사랑받아 보겠다며 비장한 각오를 다졌다.

학기가 시작되고 내가 맡은 강의에 할 수 있는 모든 애정을 쏟기 시작했다. 이름을 외우는 것부터 시작해 모든 과제에 열과 성을 다해 피드백했다. 학기가 진행되는 동안 내 개인의 시간은 전혀 사용하지 않은 채 오로지 수업만을 준비했다. 넉 달. 한 학기는 생각보다 짧다. 이 기간에 집중해 모든 학생을 내 편으로 만들어보자는 마음이었다. 노력이 통하지 않는 길은 없다고 생각했다. 그래서 수업 시간에 쓴소리도 하지 않았다. 그러다 보니 수업에 적극적으로 참여하지 않거나 관심이 없는 학생들에게 내 신경이 집중됐다. 어떻게든 내 수업이 재밌다고 느껴지게 만들기 위해 그 아이들의 진도와 능력에 수업을 맞췄다.

학생들은, 시간은 좀 걸렸지만, 곧 내 정성에 감흥을 보내왔다. 수업에 무관심했던 학생들이 과제도 더 성실히 내고, 실제로 실력도 많이 향상됐다. 내 개인의 시간은 모두 포기한 채 매달렸던 긴 듯 짧은 한 학기가 끝나갈 무렵, 온통 강의 평가 생각뿐이었다. 이번에 엄청나게 좋은 평점을 받으면 그것으로 내 가치가 또 상승할 것이라 생각했다. 강의 평가 점수는 학생들 성적 정정 기간까지 다 끝나고 난 뒤에야 발표된다. 교수자가 강의 평가 점수로 학생들에게 점수의 영향을 주지 않기 위함이다. 그래서 한 학기를 마무리하고 난 한참 뒤에야 강의 평가가 열린다.

강의 평가가 열리는 그 순간까지 길고 지루한 시간을 견디고 드디어 오픈. 나는 눈을 믿을 수 없었다. 지난 학기와 별다를 게 없는, 아니 오히려 조금 떨어진 점수였다. 그렇게 애정을 쏟아부었는데 어떻게 이럴 수 있지?

그 이유는 익명으로 적어 낸 강의 소감에서 찾을 수 있었다. 처음에는 관심이 없었다가 선생님의 열정에 흥미가 생겼다는 학생들이 있었다. 그런데 진도가 더뎠던 점, 그리고 수업 시간에 딴짓하는 학생들을 강하게 제지하지 않은 점이 불만이었다는 의견이 있었다. 상냥하고, 친절한 선생님이 되면 모두가 좋아할 것이라 생각했는데!

당시 내 수업은 이른바 성실하고 잘하는 학생들에게는 공정하지 않은 수업이었던 것이다. 나 역시 모든 열과 성을 다했지만, 그 안에 한계는 있었을 것이고, 자연스레 열심히 하는 학생들에게 소홀해질 수밖에 없었을 것이다. 어쩌면 그러한 사실을 알면서도 '저 친구는 내게 호의적이니까.'라는 생각으로 넘어갔는지도 모르겠다.

돌이켜보면 한껏 노력했을 때 오히려 점수가 낮은 적도 있었고, 특별히 신경 써준 적 없는데 점수가 높은 적도 있다. 그렇다. 강의 평가 점수는 반드시 내 노력에 비례하는 건 아니다. 강의 평가는 변수가 많다. 특히 학생들과의 케미(!)도 굉장히 중요하다. 나와 학생들의 관계도 그렇지만, 학생들끼리의 관계, 즉 반 분위기도 강의 평가를 결정하는 중요한 요소가 되기도 한다. 어느 누구도 장담할 수 없는 세계인 것이다.

여전히 마음으로 받아들이기 어렵지만, 누구에게나 좋은 강의는 없다. 누구에게나 좋다는 것은 누구에게도 좋지 않다는 의미기도 하다. 누군가는 불만을 갖고, 누군가는 도태되기 마련이다. 오히려 특정 학생들을 배려한 수업을 하다보면 더 많은 낙오자가 생기게 된다. 나만의 기준과 철학을 갖고 강의를 진행하는 것이 중요하다.

물론 나만의 기준과 철학을 가졌다고 자신 있게 이야기할 단계는 아니다. 나는 여전히 배우는 중이다. 그래도 학생들을 만나고 시간이 지날수록 조금씩 그 기준과 철학이 자리 잡고 있다고 생각한다. 우연히 유명 가수가 안티들을 대하는 자세에 대한 글을 본 적이 있다. 인터뷰였는지 이야기를 적은 글이었는지는 기억나지 않지만, 그 분야에서 정말 잘하고 있으려면 30퍼센트 안티가 있어야 한다는 말이었다. 그러니까 안티가 없다면 내가 잘하고 있다는 확신이 없다는 것이다. 눈을 마주치고 수업하는 학생 중 몇몇은 내게 관심이 없거나, 싫어할 수도 있다는 사실을 깨닫는 것은 매우 두려운 일이다. 아이들이 내게 그런 생각을 갖고 있다고 가정하면 그 앞에 서는 것이 무서워진다. 하지만 내 수업을 최상으로 끌어올리기 위해서는 나머지 70퍼센트 '만'을 위할 줄도 알아야 한다.

그럼에도 여전히 어렵다. 모든 학생이 내 수업을 좋아하지 않을 수도 있다고 생각하면서도 이를 받아들이기가 힘들다. 이런 고민을 같은 직군에 있는 친구들에게 말한 적이 있었다. "나도 모두를 좋아하지 않잖아. 그들도 마찬가지인 거야." 라고 답해줬다. 나도 모두를 사랑하지 않는데 모두가 나를 사랑하기를 원한다는 것이 얼마나 어리석은가.

그래서 오늘도 노력한다. 모든 학생이 나를 사랑하도록 노력하는 것이 아니다. 다만 모두가 나를 사랑할 수 없다는 명료한 사실을 받아들이려고 노력한다.

잔인한 9월

9월은 잔인하다. 시간 강사에게 9월은 잔인하다. 3월 역시 마찬가지지만, 추웠던 날씨가 풀리고 곧 봄이 될 것이라는 희망 때문인지 9월보다는 덜 한 느낌이다. 여전히 더운 9월이지만, 하나둘 낙엽이 보이고 추석이라는 큰 명절이 기다리고 무엇보다 겨울이 가까워진다는 점에서 더 잔인하게 느껴지는 것 같다.

9월이 잔인한 이유는 간단하다. 월급 때문이다. 한 달만 버티는 것이면 어떻게든 괜찮겠는데 7월부터 8월, 그리고 9월 말까지 이어지는 월급 공백기는 흡사 보릿고개를 떠올리게 한다.

선생님이라는 직업이 매력적인 이유 중 하나는 바로 방학이 있어서다. 중간 업무도 있고 그 나름의 고충도 있지만, 대개 한 달에서 두 달이라는 휴식기를 가질 수 있는 직종은 없다. 초중고등학교까지의 선생님이 그렇고, 대학교의 교수님도 방학이라는 시간을 선물 받는다. 시간 강사도 마찬가지다. 매 학기가 끝나는 6월과 12월, 성적을 처리하고 마감하면 방학이 시작된다. 문제는 앞의 선생님들과는 다르게 시간 강사는 방학 동안 임금이 없다.

6월 초, 중순까지 일하고 6월 말에 월급을 받으면 9월 말까지 월급이 없다. 석 달간 아르바이트나 과외를 해야만 한다. 직업이 있는 '겸임'들에게는 문제가 없지만, 그 외 전업 시간 강사는 그저 열심히 아껴 살거나 다른 일을 찾아야만 한다.

강의를 시작하고 얼마간은 학원 강사 일을 병행했다. 그런데 학교 강의로 많은 시간을 할애하게 돼 학원 강사를 그만뒀다. 방학 때만 일을 찾아보기도 했지만, 보통 오래 근무하는 강사를 원하기 때문에 그것도 쉽지 않았다. 방학에만 일하는 특강 강사도 알아봤지만, 기간이 짧은 만큼 학원에 머무는 하루의 시간이 너무 길었다. 그래서 내가 선택한 건 '허리띠 졸라매기'였다. 박사 과정을 밟고 있기도 했기에 학원 강의에 방학의 모든 시간을 쏟아부을 수 없었다. 또 바빴던 학기에 대한 보상으로 방학 때는 편한 시간을 보내고 싶기도 했다.

매 학기 구직으로 시간을 보내기보다는 학기 중에 조금 더 바쁜 것을 택했다. 수업도 듣고, 강의도 나가면서 학보사에서 기자로 일하고, 그게 여의치 않을 때는 학과나 수업 조교

등을 함께했다. 학교 근처에서 친구와 자취했기에 밥은 학식으로 먹고, 집에 와서 먹고, 도시락을 싸서 학과 사무실에서 먹는 등 비용을 아끼려고 했다. 그런데 밖으로 멀리 나가지 않아도 되는 7월과 8월은 이래저래 지낸다고 해도, 9월이 되고 학교 강의를 나가기 시작하면 보릿고개가 찾아오는 것이었다.

9월이 되면 책상 위에 올려놓은 달력을 집어 들고 한숨을 쉬던 게 생각난다. 통장 잔고를 확인하고, 교통비를 제하고, 쓸 수 있는 돈을 추리고 난 뒤에 친구들과 약속을 잡았던 것도 그렇다. 제일 예뻤던 20대를 제대로 갖춰진 옷 한 번 입지 못하고 지낸 것이 아쉽기도 하지만, 지금의 생활에 감사할 수 있게 만든 그때의 시간이 더없이 소중하기도 하다. 다시 돌아가면 이런 소리가 쏙 들어가겠지만 말이다.

잊을 수 없는 9월, 시간 강사에게 잔인했던 9월이었다.

2019년 2학기, 개정된 시간 강사법에 따르면 학기 수업 기준, 방학 중 2주치에 해당하는 임금이 나오게 된다. 강사법이 개정되면서 시간 강사도 교원으로 인정돼 그 내용이 바뀌었다. 최대 6학점만 담당할 수 있으므로 그 돈이 크지 않지만, 방학 중 임금이 전혀 없었던 지난 날을 생각하면 단비와도 같은 존재다.

내 명함을 갖는다는 것

연말이다. 거리가 들떠 있는 연말이다. 학생들은 시험을 보고, 선생은 채점을 한다. 그리고 성적을 입력하는 기한은 대개 크리스마스를 전후로 한다. 성적이 공시되고 정정까지 마음 한편이 불편한 채로 지내야 하지만, 어쨌든 성적 입력을 다 하고 나면 방학이 찾아온다.

공휴일 때문인지 방학 때문인지는 알 수 없지만, 연말은 들떠 있는 기분이다. 많은 사람을 사귀지는 않지만, 몇 개의 연말 모임이 정해지면 정말 이번 연도가 마무리되는 느낌이다. 어제가 오늘이 되고, 내일이 되는 것뿐인데 말이다. 그럼에도 연말 모임에는 즐거운 마음으로 참여하려고 한다. 뭔가를 떠나보내고, 뭔가를 새로 맞이하는 기분으로.

연말의 기운이 이곳저곳 스며 있는 와중에 시간 강사나 교수들의 채용 공고가 뜨는 사이트에 접속했다. 새로운 인력을 뽑는 공고는 11월 말부터 본격적으로 나오기에 실제로 지원하지 않는다 해도 매일 버릇처럼 사이트에 접속하곤 했다. 요즘 대학들은 어떤 인재상을 요구하는지, SNS 하듯 훑어보는 것이다.

이 사이트가 좋은 점은 그 안에 까페처럼 게시판을 활성화해뒀다는 것이다. 시간 강사라는 직업을 가진 사람들의 고민이나 하소연을 볼 수 있는 공간이기도 하다. 그 공간에 글이 하나 떴다. 제목을 보자마자 클릭할 수밖에 없었다. "다들 명함은 갖고 있나요?"

연말 모임이 진행되면서 사람들을 만나고, 그러다 보면 명함을 주고받는 일이 생긴다. 개인적으로는 학교에 있는 사람들을 주로 만나기 때문에 이런 일이 자주 있는 건 아니다. 그런데 간혹 상대방이 명함을 주며 내게 명함을 요구할 때 난처하다.

"저는 명함이 없네요." 멋쩍게 웃으며 지나갔던 적이 내게도 몇 번 있었다. 글을 올린 그 사람도 그런 경우를 겪은 터였다. "연말 모임에 나갔는데 모두 명함을 갖고 있었어요. 그런데 저는 명함을 줄 수 없었네요. 혹시 다른 선생님들은 명함을 갖고 있나요?"

나를 포함해 내 주변 대부분의 시간 강사는 명함이 없다. 개인이 명함을 제작해야 하는 번거로움이 있다. 그런데 그 글의 댓글을 보다 보니 신청자에 한해 명함을 제작해주는 소수의 학교도 있는 것 같다. 혹은 명함을 따로 제작해주지는 않지만, 명함을 만들어주는 업체와 연결해주는 학교도 있었다. 그러나 대부분은 시간 강사의 명함에 대해 관심이 없는 듯했다. 나를 포함해 말이다.

곰곰이 생각해보니 명함을 파는 일이 그렇게 어려운 일인가 싶다. 인생을 통틀어 한 번도 정규직이었던 적이 없었던 나도 내 이름으로 명함을 만들던 때가 있었다. 시간 강사 타이틀은 아니었다. 아르바이트로 활동했던 미술잡지 기자 시절, 잡지 측에서 제일 먼저 만들어준 것이 명함이었다. 화랑에 들어가 인터뷰를 요청하기 위해서는 명함이 필수기도 했다. 또 다른 명함은 교내 신문사에서 일할 때 받은 것이었다. 이 역시 인터뷰를 요청할 때 필요한 것이었다. 인터뷰를 요청할 때 왜 명함이 필요한가? 그 사람의 신분을 나타내기 위함이다. 그렇다면 시간 강사는 왜 명함이 없을까?

시간 강사라는 직업을 다룬 책에서 그런 부분을 읽은 적이 있다. 외국에서 공부하고 돌아와 강사가 됐는데 잘 아는 인쇄소 사장님이 명함을 만들어줬단다. 그리고 그걸 돌렸는데 뒷말을 들어야 했다고.

명함을 만드는 일이 왜 뒷말을 들어야 할 일일까? 아르바이트로 일해도 만들 수 있는 것이 명함인데 말이다. 그럼 나는 지금 당장 '시간 강사'라는 이름으로 명함을 만들 수 있을까? 내 신분을 드러내기 위함인데 왜 나는 명함 만드는 일에 관심이 없었을까?

사실 '관심이 없다.'라기보다는 '자신이 없다.'라는 표현이 맞을 것 같다. 내가 학교에서 강의하고는 있지만, 소속감을 느끼지 못하기 때문에 학교의 이름을 써 명함을 만든다는 것에 망설임이 있는 것이다. 마치 나는 친하다고 생각하는 친구가 있는데 그 친구가 나를 친하다고 생각하지 않을 수도 있어 친하다고 말하지 못하는 기분이라고나 할까. 명함을 만든 그 선생님에 대한 뒷말들은 명함이 아니라 그 명함을 만든 자신감에 대한 질투 어린 뒷말이었을 것이다. 확신이 없는 관계, 학교에 속하나 속하지 않는 강사들의 처지를 나타내는 일인 것 같아 씁쓸했다.

연말, 그리고 신년. 다양한 모임이 이 해가 가고 저 해가 오는 것을 맞이할 것이다. 지갑을 갖고 다니지 않는 요즘 사람들에게 부담스럽기만 한 명함임에도 그것을 갖지 못한 몇몇 강사의 손이 머쓱해지는 순간이 올 것이다.

다들 명함을 갖고 있나요?

사라지는 것에 대한 두려움

대학 시절을 떠올렸을 때 기억에 남는 것은 친구들과 혹은 선후배들과 쌓았던 추억들이다. 아니면 성인만이 할 수 있는 새로운 경험들일 것이다. 술자리에 참석하거나 단체 MT를 가고, 체육 대회 같은 행사에 참여하는 일 등 말이다. 기억나는 일에 교양 수업이 들어가 있지는 않을 것이다. 그러니까 교양 과목을 수강했던 일이 대학에서 기억나는 일에 남아 있지는 않을 것이라는 말이다.

나 역시 마찬가지로 교양 수업을 들었던 것이 기억에 남지는 않는다. 좋았던 수업은 있지만, 그것이 내 대학 생활 전체를 관통하지는 않았다. 시험 기간에 밤샘 공부를 하고 도서관에서 지냈던 건 기억에 남지만, 수업 시간에 만났던 교수님이나 강의실에서 배웠던 것들이 대학 생활을 대표할 정도로 선명하게 남지는 않는다. 그래서인지 나도 금방 잊힐 것이라는 생각에 불안하다.

시간 강사처럼 기억에서 쉽게 사라지기 좋은 존재도 없다.

중고등학교 때 선생님은 하루를 함께 나눴기에 성함도, 얼굴도, 말투도, 몸짓도 기억난다. 실제로 많은 영향을 받기도 한다. 나도 그랬다. 학원 선생님이나 과외 선생님도 마찬가지다. 지식 전달이 목적이 아닌 이상 나와 '어떤' 시간을 함께 공유했다는 사실만으로도 기억에 오래 남는다. 그런데 시간 강사는 그렇지 않다. 학생들과 개인적인 것을 공유할 기회가 전무하다.

잊히는 것이 좋을 리 없다. 아니 싫다고 하는 것이 더 맞겠다. 하지만 나 역시 그랬고, 학생들 역시 그럴 것이다. 시간 강사라는 존재는 시험이 끝나고 종강하면 학생들의 기억 속에서 금방 사라지고 말 것이다. 강의가 좋았다는 강의 평가나 개인 메일로 메모를 남기는 등 선생과 제자로서의 관계를 이어갈 여지를 두는 학생들도 간혹 있지만, 학생들의 기억에서 나는 다음 학기가 되면 휘발해버리고 말 것이다.

그러면 또다시 자문해본다. 그럼 나는 모든 학생을 기억할 수 있느냐고. 당장 시험 성적을 내고 나면 학생들 이름도 아물아물한 것이 사실이다. 숫자도 많을뿐더러 학기가 거듭될수록 새로운 학생들을 많이 만나기 때문에 이전의 학생들이 잊히는 것도 어쩔 수 없다.

그래서 수업 시간에 "이건 꼭 기억해야 한다." 라는 말을 많이 하는 편이다. 아니 내 이름은 잊어도 정말 중요한 몇 가지는 기억에 남기고 싶다. 글쓰기 전 한글 프로그램을 켰을 때 제목을 짓기 전이나 첫 문장을 쓰기 전. 나와 함께 했던 순간의 이야기들을 한 번씩 되뇌어준다면 내 이름은 잊어도 내가 전해준 지식은 잊지 않았다고 할 수도 있겠다.

얼마 전 한 학생이 쓴 내 수업에 대한 후기를 읽었다. 그 학생은 자신을 '선생님'이라고 칭하는 교수님은 처음 만났다고 썼다. 그 학생은 그 부분에 큰 인상을 받은 듯했다. 사실 나 자신을 '교수'라고 칭하는 게 어색해 '선생님'이라는 쓴 것뿐인데 그 학생은 내게서 선생님이라는 정감을 느꼈다고 한다. 어쩌면 교수님이라고는 불리지만, 학생들 기억에서 금세 사라지는 사람이 아닌 학생들의 기억에 오래 남는 선생님이 되고 싶었던 내 욕망이 드러난 것인지도 모르겠다.

(아직 미혼인)

시간 강사 강 씨의 하루 1 (feat. 보따리)

* 수도권에 거주하는 지방대 시간 강사의 하루를 간접 체험해보자.

* 주의 : 사람, 학교, 강의마다 상황이 다를 수 있음.

07:00 기상

오랜 자취 생활로 아침을 차려 먹기보다는 커피로 때우기가 일상이다. 머리를 감고, 커피를 마시며, 화장한다. 크고 가벼운 가방에 그날 필요한 물품이 모두 들어 있는지 확인한다.

+ 필요한 물건 : 지갑, 칫솔과 치약, 수업 자료, USB, 출석부, 화장품, 여벌 카디건, 간편한 신발

07:40 출발

집에서 학교까지의 거리는 천차만별이다. 아주 가까운 곳에 나가는 몇몇을 제외하고, 아주 먼 곳까지 강의를 나가는 경우가 많다. 전국에 대학교는 많으니까.

경기도 끝에 위치한 학교에 가기 위해서는 고속버스를 타야 한다. 내가 살던 곳과 가까운 고속버스 터미널은 동서울터미널이었다. 그곳까지는 2개의 지하철 노선을 지나야만, 그러니까 한 번 갈아타야 갈 수 있다.

08:20 동서울터미널 도착

보통 터미널에서는 티켓팅을 하지만, 학교까지 운영되는 버스가 있는 경우에는 카드로 찍기도 한다. 버스에 타기 전 반드시 화장실에 들러야 한다. 학생들과 같이 타는 버스에서 중간에 내리기도 어려울뿐더러 실수하면 큰일 나니까!

학교까지 50분. 여별 카디건이 필요한 이유가 여기에 있다. 여름에는 에어컨 바람을 피하기 위함이기도 하고, 다른 때에는 카디건을 돌돌 말아 머리를 기대놓는 장치로 사용한다. 개인적으로는 휴대용 목베개보다 카디건이 훨씬 유용하다. 앞서 말한 것처럼 춥거나 더울 때 적극 활용한다.

09:10~20 학교 도착

10시 수업을 받았기 때문에 한 시간 정도 전에 도착하는 것이 좋다. 험난한 여정(?)이 있었기에 화장도 고치고, 삼각김밥이나 쿠키도 먹는다. 커피도 한 잔 타서 마시거나 들고 강의실에 들어간다. 수업이 끝나면 점심을 먹지만, 말을 많이 하는 직종의 특성상 아주 공복이면 힘들다.

학교에 도착하면 강사 휴게실로 간다. 가방이 무겁다. 복장에 맞춰 신발을 들고 온 경우는 더하다. 발볼이 넓어 구두를 오래 신으면 세상 괴롭다. 그래서 신발이 필요하다. 하나둘 넣다 보면 가방에 어깨가 빠질 지경이다. 한쪽 어깨를 내려뜨려 학교로 우르르 올라가는 학생들 사이에 휩쓸려 휴게실에 도착한다. 그곳에서 몇몇 선생님과 마주한다. 간단한 인사를 나누고 수업 준비 모드에 돌입한다.

09:55 레디

아직 출발하면 안 된다. 10시 넘어 도착하는 것도 안 되지만, 그렇다고 일찍 들어가면 그것도 안 된다. 언젠가 학생 한 명이 쉬는 시간에 강사가 강의실에 남아 있는 것으로 컴플레인을 걸었다는 이야기를 들었다. 모든 학생이 그런 것은 아니지만, 싫어하는 학생이 있을 수도 있다는 생각에 최대한 정각에 맞춰 들어가고자 한다.

09:57 고!

이제 출발. 휴게실과 강의실이 가까운 경우에 해당된다. 강의실에 들어서며 학생들에게 인사를 건넨다. 어떤 학과인가 혹은 교양인가 전공인가 혹은 몇 학년이냐에 따라 반응은 제각기다. 보통은 인사를 건네면 스마트폰에 시선을 떼지 않은 채로 답한다. 그나마도 답해주면 다행.

10:00 사랑과 열정을 그대들에게

최선을 다해 수업한다. 오늘이 마지막 평가가 걸린 수업인 것처럼.

12:00 점심

한바탕 쏟아내고 나면 배가 고프다. 점심 시간은 맡은 과목이 2학점이냐, 3학점이냐에 따라 달라진다. 물론 3학점이어도 이틀에 나눠 하는 수업이냐 하루에 몰아 하는 수업이냐에 따라 달라지기도 한다. 최근에는 3학점짜리 수업을 이틀에 나눠 하는 수업이 대세인 듯싶다. (* 개인 의견)

보통의 대학은 학생 식당과 교직원 식당을 구분 지어놓는다. 차이는 교직원 식당이 조금 더 비싸다는 것. 학생들이 아예 이용하지 못하는 건 아니기 때문에 학생들도 간간이 마주친다.

13:00 반복되는 사랑을 그대들에게

반복되는 두 번째 수업이라고 화력이 약해질 것이라 생각하지만, 보통 그 반대다. 앞서 한 번 수업했기에 뒤에 수업은 좀 더 매끄러워진다. 또 비슷한 화력을 뿜으며 수업에 열정을 토한다. 3시까지 수업하고 끝나는 경우에는 좀 덜하지만, 수업을 하나 더 하는 날에는 목이 완전 쉬기도 한다.

15:00 다시 보따리를 들고

갈아 신었던 구두를 다시 보따리에 넣고, 편한 신발을 꺼낸다. 내 경우 렌즈도 빼고 안경을 낀다. 집에 가는 길은 가장 편한 복장을 유지하고자 한다. 고속버스는 시간이 정해져 있으므로 늦지 않게 종종걸음을 걷는다. 아주 늦지 않은 이상 흉하게 뛰지 않도록 한다. 언제 어디서나 학생들을 만날 수 있다.

앞의 과정을 거쳐 고속버스를 타고, 두 개의 지하철 노선을 거쳐 집으로 온다. 학교 앞에 살았던 시절에는 바로 학교로 들어가기도 했다. 학식을 허겁지겁 먹거나 집에서 3분 카레를 비벼 먹고 나면 하루가 다 간다. 뭔가 새로운 것을 해야 하지만, 이동 거리가 길었던 탓인지 노곤함이 몰려온다. 그래도 뜨거운 물에 샤워하며 컨디션을 끌어올려 본다. 내일 수업 준비를 마저 해야 한다.

○ 2부 | 잠시 숨을 참고

Re-SET, 새로운 곳에서 시작하다

지금 생각하면 앉아서 수업 듣고 과제하는 게 뭐가 그렇게 어려웠나 싶지만, 당시에는 너무나 힘들었던 박사 과정의 수업을 모두 듣고 드디어 '수료생' 신분이 된 때였다. 이제는 등록금 걱정도 내려놓고, 열심히 공부해 논문만 쓰면 되겠다는 생각으로 몸과 마음이 모두 홀가분해졌다.

골방에서 시작해 옥탑과 반지하를 거쳐 오래되긴 했지만, 역세권 오피스텔 전세로 이사 간 해이기도 했다. 지금까지는 학교가 생활의 중심이었기에 학교 근처에서 살았다. 이제는 학교를 벗어나고 싶다는 생각이었는지, 아니면 해가 들지 않아 벽면으로 피어오르는 곰팡이가 지겨웠는지 과감하게 이사를 결심했다. 그동안 야금야금 모아뒀던 돈을 털어 작은 오피스텔에 전세를 얻었다. 오피스텔이라고 하기 민망할 정도였지만, 페인트칠을 하고 깔끔하게 꾸며놓으니 몇 달 사이 신분이 상승한 기분도 들었다. 일주일 중 며칠은 학교에서 공부하고 또 며칠은 늘 나가던 학교에서 강의하며 지내야겠다고 생각했다.

그런데 이상하게도 이런 안정감은 오히려 나를 불안하게 했다. 습관처럼 채용 사이트에 접속했고 새로 뜨는 공고 여기저기를 알아봤다. 마침 지방의 작은 학교에서 연구원을 뽑는다는 공고가 떴다. 박사 학위자가 아니어도 지원할 수 있는 조건이었다. 한 치의 망설임도 없이 지원했다. 이제 이사한 지 1년도 채 되지 않았을뿐더러 박사 학위 논문도 써야 했기에 이왕이면 서울에 머무르는 게 좋았다. 그럼에도 멀리 지방까지 원서를 접수했다. 되지 않아도 괜찮고, 되면 그다음에 생각하자는 마음이었다. 1차 서류가 통과되고, 2차 면접까지 보면서 새로운 곳에서 일할 수도 있겠다는 생각에 들뜨기 시작했다. 여기까지 온 이상 꼭 됐으면 좋겠다는 마음이 간절해졌다. 결과는 합격. 이제 보따리를 들고 여기저기 옮겨 다니지 않아도 된다는 생각에 마음이 한껏 기뻤다. 완전히 새로운 곳에서 하는 시작이었다.

새로운 곳으로 가려니 정리해야 할 것이 많았다. 전세 계약 1년을 채우지 못한 집도 그렇지만, 서울권에서 나가던 학교를 정리해야 했다. 새로운 학교는 다행히 부모님이 사는 지역이기 때문에 당장 집을 구하지 않아도 됐다. 하지만 계속 나가던 학교의 기말 고사 기간과 새로운 학교의 근무 시간이 겹치면서 그것을 조정하는 데 애를 먹었다. 설레는 감정 속에서도 마음 한구석이 어지러웠다. 처음으로 강단에 섰던 학교와, 또 유독 따르는 학생이 많았던 학교와 이별해서다.

계약서를 작성하러 오라는 연락을 받았다. 같이 일할 교수님들과 인사도 할 겸, 학교 소개도 받을 겸 시간을 내 기차에 올랐다. 계약서를 작성하고 절차에 관한 간단한 설명도 들었다. 그리고 행정실 직원께서 새로 계약한 교수님들을 어디론가 안내했다. 교양관 207호. 문을 열자 컴퓨터 세팅이 끝난 책상 몇 개가 보였다.

스물아홉에 드디어 첫 연구실이 생겼다.

연구원들을 채용하면서 학교에서는 작은 연구실을 하나 내어줬다. 혼자 쓰는 곳은 아니지만, 그 정도도 충분했다. 책상과 컴퓨터, 그리고 사물함과 책장까지 넓고 쾌적했다. 무엇보다 강의도 함께할 수 있었기에 더할 나위 없이 좋았다. 나름 첫 정착이었기에 이제 막 강의를 시작하던 때처럼 새로운 울렁거림이 시작됐다.

가장 좋은 건 '쉴 수 있는 내 공간'이 있다는 사실이었다. 강사 휴게실을 전전하며 큰 가방을 옆구리에 끼고 다녀야 했던 과거와 달리 짐을 두고 잠시 엎드려 졸 수 있는 공간이 생긴 것이다. 내 전용 컴퓨터가 있다는 사실도 좋았다. 더는 강사 휴게실 컴퓨터를 이용하며 바탕화면에 저장했던 파일을 메일로 보내고, 다시 지우는 과정을 반복하지 않아도 됐다. 학생들과 상담할 때 강의실이 아닌 연구실로 약속을 잡을 수 있다는 점도 짜릿했다. 강의 계획서에 면담 장소로 '교양관 207호'를 적으며 내 소속감을 확인하기도 했다. 서울에 사는 친구들은 나를 볼 겸, 여행할 겸, 그렇게 내가 있는 학교로 놀러 왔고, 나는 그들을 가이드하며 이곳의 주인이 된 양 즐거워했다. 일이 많아 매일 야근하고, 별다른 야근비를 받지 못했어도 내가 학교에 뭔가를 할 수 있다는 사실이 그저 좋았다. 그렇게 한 학기 동안은 정신없이 행복한 감정에 취했다.

보이지 않은 선

늦가을에 면접을 보고, 겨울에 연구실로 출근했던 학교에도 봄이 찾아왔다. 그사이 나는 학교에서 새로 개발한 과목으로 강의도 시작하고, 한국기초교양교육원에서 진행하는 공모전에서 상도 받으며 나름의 인정을 받았다. 정신없이 바쁜 시간이었지만, 이동 시간이 길지 않았기에 일은 효율적으로 진행할 수 있었다. 그리고 틈날 때면 지도 교수님을 찾아가기도 했다. 지도 교수님은 뵐 때마다 얼른 논문을 써야 한다며 탐탁지 않아 하셨다. 지방의 작은 학교에서 연구원이 하는 일이란 게 '공부'와는 거리가 있었기 때문이다.

교수님 말씀이 맞다. 학위 논문을 받는 것이 가장 최우선임은 분명했다. 그런데도 나는 학교에서 일하는 재미에 푹 빠졌다. 콩깍지가 쓰인 것처럼 학교에 내가 할 수 있는 온갖 충성을 다 하고 있었던 것이다. 자연스럽게 공부하는 시간은 줄어들었다. 아니 거의 없어졌다. 학생들을 모아 동아리를 만들고, 문학 기행을 기획하는 등 이전에 없던 일들을 내 손으로 해내는 것에 엄청난 성취감을 느끼는 중이었다. 제

1회 글쓰기 대회까지 성공적으로 마치고 난 뒤 날이 한없이 더워지는 여름을 맞았다. 한 학기가 지나간 것이다.

제대로 된 방학을 즐기지도 못하고 바로 2학기 준비에 들어가야만 했다. 2학기를 앞두고 강의 배정으로 분주하던 그때 생각지도 못했던, 아니 어쩌면 애써 덮어두고자 했던 문제를 마주했다.

보이지 않는 선. 열심히 하고, 열심히 하지 않고의 문제가 아니라 아예 넘어갈 수 없는 경계가 있다. 분명 아무것도 없는 것처럼 보이지만, 그곳에는 '선'이 존재한다. 그것은 학교처럼 영리만 좇으면 안 되는 곳에서 더 은밀하게 감춰진다. 차라리 돈을 따라가는 회사에서 이런 경계는 솔직하게 드러난다. 곳곳에 불공정함이 만연해 있지만, 그것을 언급할 수도 없는 공간이 바로 학교다.

학생들은 강의하는 사람을 모두 교수님이라고 부른다. 하지만 이름만 같은 '교수님'은 촘촘하게 구분된다. 크게는 모두 학교를 이끌어 가는 일원들이지만, 그 안에는 정식으로 교수가 된 사람과 그렇지 않은 사람이 있다. 정식 교수가 아닌 사람들도 적을 어디에 뒀는가(4대 보험을 해결했는가)에 따라 겸임이기도 하고, 강의 전담이 되기도 한다. 때로는 초빙이라는 이름으로 강사의 신분에 소속만 얹기도 한다.

소속이 있어 좋을 것 같지만, 잡다한 일 처리까지 생겨 오히려 강사가 받는 시급보다 못하기도 한다. 그리고 학교에 메인 이름 없이 공간을 떠돌아다니는 강사까지. 크게 보면 이들 모두 대학교라는 공간을 채우지만, 그 안에는 보이지 않은 선이 너무나 또렷하게 자리한다.

강사 신분으로 학생들만 만날 땐 보이지 않았던 것들이 눈에 띄기 시작했다. 자세히 설명할 수 없지만, 한 강의실 안에서 누군가를 위해 목청껏 강의하는 강사들을 서류 한 장 정도로 취급하는 모습을 보게 되고는 이전까지의 모든 열정이 소멸되는 것을 느꼈다. 소속감을 느끼며 너무나 사랑했던 캠퍼스였기에 그 허무함은 더했다. 20대 마지막, 여기서 이렇게 시간을 보낼 수 없다는 생각이 들었다. 조금 더 어렸거나 조금 더 나이가 많았다면 그렇게 쉽게 결정하지 못했을 것이다. 그러나 그때 20대라는 내 인생의 시간에 특별한 의미를 부여하고자 했다.

바로 지난주까지만 해도 교양교육원 앞에 어떤 구조물을 세워볼까 고민했는데 뒤도 돌아보지 않고 그만두겠다는 말을 전했다. 사실 서울에서의 안정된 시간을 포기하고 내려온 곳이었기에 망설임이 없었다고 하면 거짓말일 것이다. 그럼에도 내 결정에 믿음을 가질 수 있었던 건 그때 만나던 남자친구, 그러니까 지금의 남편이 있기 때문이었다.

당신을 만나

학교에 오래 다니다 보면 결혼에 대한 감각이 무뎌진다. 우선 학교를 졸업하기 위해 수행해야 할 일이 너무나 많아 먼 미래까지 생각하지 못한다. 학교를 떠나 사회 생활을 하는 친구들과는 출퇴근 시간이 엇갈려서 자주 못 만나고, 대학원에 남아 있는 인원들만 반복해 만난다. 특히 학부 때부터 친했던 친구와 함께 대학원에 진학한 나는 외부 사람들을 만나는 일이 거의 없었다.

나를 포함해 나와 함께 생활했던 친구들은 결혼에 관심이 없었다. 그래서 결혼에 대한 감각이 다른 집단에 있는 사람들보다 무뎠다. 학위 논문을 완성하기 위해서는 짧게는 1~2년에서 길게는 10년까지 길게 잡고 보기 때문에 그 안에 빠져 있다면 더더욱이나 그렇다.

박사 과정을 수료할 때까지 학교에만 머물러 있던 내가 첫 연구실로 출근하던 때는 스물아홉. 그리고 출근한 지 한 달. 그 한 달간 지금까지 살면서 들었던 '결혼해야지!'보다 더 많은 수의 결혼 오지랖에 대한 걱정을 들어야 했다. "몇 살이에요? 결혼해야겠네요."

내 기준에는 너무 무례한 말이라 처음에는 듣고도 반응하지 못했다. 눈을 동그랗게 뜨고 굉장히 당황스럽고 기분이 썩 좋지 않다는 마음을 드러냈지만, 상대는 별로 신경 쓰지 않는 듯했다. 자신의 나이를 공개하지 않고 내 나이만 묻는 것도 기분 상하는데 결혼 계획까지 아무렇지 않게 이야기하는 사람들에게 진절머리가 났다. 새롭게 만나는 사람마다 결혼 이야기를 하니 명절에도 결혼 타령을 하지 않은 우리 가족에게 감사한 마음이 들 정도였다.

그나마 다행인 건 시간이 지날수록 친분이 생겨 결혼 타령을 덜 듣게 됐다는 점이다. 물론 그중에서도 새로 만나는 사람은 거리낌 없이 결혼 계획을 물어봤다. 대처 능력도 다양하게 생겨 웃고 넘기거나 화제를 돌렸다. 기분이 불쾌해지는 것도 좋게 생각해 넘길 수 있었다.

그러던 어느 날, 친구에게 연락이 왔다. "소개팅 할래?" 앞뒤 맥락 없이 주선하겠다는 친구였다. 낯도 많이 가리고, 행동 반경 안에서 자연스럽게 누군가를 만나고 싶어 했던 나로서는 낯선 제안이었다. 소개팅을 한 번도 해본 적 없는데 그때는 무슨 심정이었는지 승낙했다. "좋아!"

아직 학교에 열정을 쏟아붓고 있던 시기였기에 늦은 시간, 일을 겨우 마치고 부랴부랴 지하철을 탔다. 약속 시간까지 아슬아슬하게 도착할 수 있을 것 같았다. '아, 아직 할 일 많은데 괜히 한다고 했나.' 잠깐 귀찮은 마음도 들었지만, 새롭게 누군가를 만난다는 사실에 살짝 들뜨기도 했다. 카톡 프로필 사진으로 얼굴만 봤을 뿐 어떤 사람인지에 대한 정보는 전혀 없었다. 그저 친구가 나와 잘 어울릴 것 같은 생각에 소개를 주선했다는 말만 믿었다.

저녁 7시, 지하철 출구에서 나서자마자 사진으로 봤던 사람이 말을 걸었다. "저…."

그렇게 만난 남자는 지금 내 남편이 됐다. 중저음의 목소리가 매력적이었던 그 남자는 부산 사투리를 고급지게 사용했고, 축구와 태권도를 좋아하는 공학도였다. 인문 계열이었던 내가 어렵게 생각하는 숫자들의 세계에 사는 그 남자가 정말 멋있었다. 샤프하게 잘생긴 외모가 마음에 쏙 들었던 건 덤이다.

아직 박사 과정에 재학 중이었던 남편과 나는 그렇게 연애를 시작했다. 이전까지 내가 속해 있던 세계에서 볼 수 없었던 캐릭터인 남편을 만나 하루하루를 새롭게 보냈다. 내가 그를 멋있게 생각하듯 그도 내 세계를 존중해줬다. '이 사람을 만나러 이곳으로 내려왔나.' 라고 생각할 정도였다.

그렇게 만남을 이어간 지 2~3개월이 지났을 때 남편에게 고민을 말했다. 보이지 않는 선은 내가 아무리 노력해도 사라지지 않을 것 같았다. 그렇게 생각하자 여기서 보내는 시간이 아까워졌다. 빨리 학위 논문을 완성하고, 또 다른 강의를 받아야겠다는 마음이었다. 그런데 한편으로는 연구직으로 계약하고 1년을 채 버티지 못하는 것이 과연 옳은 일인지 고민됐다. 훗날 이력서에 한 줄이라도 쓸 수 있으려면 나머지 한 학기를 채워야 하나 싶었다. 아니 어쩌면 이대로 버티고 있으면 정규직으로 채용해줄지도 모른다는 말도 안 되는 희망 때문이었는지도 모르겠다.

"우선 순위를 정해야지요." 그는 이렇게 말했다. 우선 순위. 너무 흔한 단어라 깊게 생각해보지 않았던 것이었다. 내 인생에서 가장 중요한 게 뭐지? 강의를 좋아하지만, 강의하는 것도 멀리 볼 때 지금 하는 공부를 마쳐야 더 오래할 수 있을 것이다. 게다가 보이지 않는 선으로 가로막힌 이곳에 계속 있는 것은 내게 중요한 일이 아닌 것 같았다. 한 학기를 버리더라도 다시 제자리를 찾아야겠다는 생각이 들었다. 그 말을 들은 이후 더는 고민하지 않고 일을 그만두기로 결심했다. 내가 일을 그만두기로 했다는 말을 전하자 그는 작은 케이크에 초를 하나 꽂아 불을 켜줬다. 오늘로 다시 학생이 된 것을 축하한다고 말이다.

일을 완전히 그만두기까지는 조금 더 시간이 필요했지만, 인생 처음으로 직장인 생활을 했던 짧은 기간을 마무리하고 다시 학생으로 돌아왔다.

결혼해야겠다

학교 연구직은 그만뒀지만, 그 다음 학기에도 강의하게 된 나는 우선 한 학기 동안은 그 지역에서 머무르며 앞으로 일정에 대해 생각해보는 시간을 갖기로 했다. 이전에 나갔던 학교에서도 연락이 와서 몇 군데 학교를 나가며 다시 강사 생활을 시작했다.

일정한 시간에 출퇴근하던 직장인의 삶에서 비교적 자유로운 강사 생활로 돌아가니 여유로웠다. 아직 학생 신분이었던 남편 역시 연구하는 시간 외에는 나와 여유롭게 시간을 보냈다. 마트에 가서 구경하고 장 보는 것도 재미있었고, 도시락을 싸서 뒷산으로 산책하는 것도 즐거웠다. 낮에는 학교에서 강의했고, 일이 끝나면 가까운 곳으로 맛있는 것을 먹으러 다녔다.

가족도 있고, 서울에 비해 붐비지도 않고, 또 무엇보다 집값이 싸서 이 지역에 머무르는 일이 안정적으로 느껴졌다. 남편 역시 산학 장학생 명목으로 약간의 생활비를 받고 있었기에 학생 신분치고는 재정적으로 여유로웠고, 연구하는 기간까지 회사에서는 경력으로 인정해주기 때문에 졸업이 급하지 않았다. 천천히 연구하며 알뜰하게 지내면 향후 몇 년간은 지금 같은 생활을 할 수 있을 것 같았다. 아침부터 저녁까지, 그리고 야근비 없이 야근하며(지금 생각하니 무보수 야근임에도 식대조차 지원되지 않는 직장이었다.) 속박된 직장인 생활을 하던 내게 꿈 같은 휴식기였다.

스무 살부터 시작한 학원 강사 아르바이트, 쉬지 않고 다닌 8년의 학교 생활, 스물여섯부터 시작된 시간 강사. 성인 이후 스물아홉이 되기까지 내게 약 10년은 타지에 나가 쉴 틈 없이 빡빡했던 시간이었다. 그런데 이때는 학위 과정 수료 상태라 등록금 걱정을 할 필요도 없고, 수업을 병행하지 않고 강의만 하며 지냈기에 일하는 시간 외에는 내 시간을 여유롭게 보낼 수 있었다. 저녁에는 동네에서 하는 에어로빅 수업을 들으며 운동도 했다. 정말 꿈만 같았다. 이대로 몇 년간 내게 휴식을 줘도 될 터였다.

그런데도 마음 한편이 늘 불편했다. 여유로운 삶을 꿈꿔왔지만, 막상 여유로운 삶을 누릴 수 있게 되니 조급해졌다. 사람마다 행복해지는 방법이 있다면, 나는 바쁘게 시간을 보내며 뭔가를 이뤄낼 때 조금 더 행복해지는 사람이었던 것이다. 아니 수료 상태로 끝마치지 못한 학위 논문이 내 마음을 계속 조급하게 만들었다. 죽이 되든 밥이 되든 다시 서울로 올라가서 하던 공부를 마무리 지어야겠다는 생각을 한 것도 이 때문이었다.

문제는 남자친구였다. 요즘 같은 시대에 장거리 연애가 대수겠냐만, 그래도 떨어져 지내는 건 견딜 수 없을 것 같았다. 어떤 방법이 있을까, 생각하던 우리는 누가 먼저랄 것도 없이 고민에 대한 답을 내렸다.

결혼해야겠다.

교수님, 내 주례 선생님

결혼을 결심하고 먼저 한 일은 예식장 예약이었다. 우리가 마음에 들었던 예식장은 1년 전이었음에도 자리가 꽉 차 있었다. 겨우 자리를 잡고 그 다음으로 한 일은 주례 선생님을 모시는 일이었다. 나는 예전부터 결혼한다면 주례는 꼭 교수님께 부탁드려야겠다고 생각했다. 내 인생의 가장 중요한 순간이기 때문이었다.

처음 대학원에 입학했을 때 생각지도 못한 곳에서 난관을 맞이했다. 바로 '지도 교수님' 문제였다. 지금은 대학원에 학생이 많이 없지만, 10여 년 전만 해도 경쟁률을 따져가며 세부 전공을 정해야 할 정도로 대학원생이 차고 넘쳤다. 그러다 보니 교수님 한 분이 맡아야 할 지도 학생의 숫자도 넘쳐났다. 학교에 따라서는 지도 교수님 두 분께 부탁드릴 수도 있고, 외부 학교에도 신청할 수 있지만, 우리 학교는 학생 한 명이 교수님 한 분께만 지도를 부탁드릴 수 있다.

그래서 비교문학을 전공하며 '문학과 미술'을 함께 다루고사 했던 나는 너무 불리했다. 국문학도 아니고 미술도 아닌, 어정쩡한 위치에 있었기 때문이었다. 그나마 우리 문학과 외국 문학을 비교하는 학생들은 외국 문학 쪽으로 부탁을 드리면 되니 지도 교수님을 찾기가 어렵지 않았지만, 나처럼 문학과 타 예술을 함께 다루고자 하는 경우에는 지도 교수님 찾기가 어려웠다. 타 전공까지 끌어안는다는 건 어찌 보면 교수님들께는 매우 부담스러운 일이기 때문이다.

이러지도 저러지도 못한 채로 한 학기를 그렇게 보냈다. 더는 미룰 수 없는 일이었다. 백석 연구로 유명한 교수님께 연락을 드리고 찾아갔다. 학과도 다르고 전공도 애매해 거절당할 수도 있겠다는 생각이었다.

쭈뼛거리며 교수님을 찾아뵙고는, 앞으로 공부하고 싶은 분야에 대해 말씀드렸다. 이야기를 다 들어주시고는 흔쾌히 서류에 도장을 찍어주셨다. '어? 이렇게 한 번에 받아주셔도 되나?' 싶은 정도여서 얼떨떨한 마음으로 연구실 밖을 나왔다. 한동안 머리를 지끈거리며 고민했던 부분이 쉽게 해결됐다.

그런데 지도 학생이 되어서도 여전히 어려웠다. 조금 어렵게 들어가 그런지, 전공이 전혀 달라 그런지, 나 스스로 타자이자 경계인이라고 생각하게 됐다. 그냥 있으면 있고, 없으면 없는 그런 '깍두기' 같은 존재라고 할까? 내가 있을 자리가 아니라고 생각돼 지도 학생들을 만나는 데 자꾸 벽이 생겼다. 그런데 선생님은 나도 똑같이 대해 주셨다. 더 잘해주거나 눈에 띄게 챙겨주는 것보다 똑같이 대해 주는 건 내게 큰 힘이 됐다. 조교도, 일도, 공평하게 나눠주셔서 경계 밖에 서 있던 내가 조금씩 스며들었다. 그렇게 부대끼다 보니 지도 학생들과도 감사한 인연을 쌓을 수 있었다.

혼날 때도 똑같이 혼났다. 공부가 부족하거나 일 처리가 부족하면 가차 없이 혼났다. 감사했다. 혼나는 게 감사하다니! 이상하게 들리지만, 정말 그랬다. 학부에 일치하는 전공도 없고, 결국 교수가 되기는 힘들지 않을까, 연구보다는 강의에 집중하는 게 어떨까 고민을 털어놓았을 때도, 해보지도 않고 포기하는 거냐며 꾸중하셔서 내심 감사했다. 안 되는 건 안 되는 것이라도 선생님이 내게 가능성이 있다고 생각해주시는 것 자체가 감사했기 때문이다.

강의를 시작할 수 있었던 것도 선생님 덕분이었다. 학원 강사로 시간은 시간대로 쓰고, 공부할 시간은 부족한 내 사정을 보고, 강사 추천을 해주셨기 때문이었다. 내 인생의 큰 변화가 있을 때 함께 해주신 교수님이었기 때문에 주례는 꼭 교수님께 부탁드리고 싶었다. 그런데 주례는 안 하시겠다고 거절하셨다. 처음에는 너무 완강히 거절하셔서 안 되나 보다 포기할까도 생각했다. 그래도 인생의 한 번뿐인 결혼식! 전화로도 부탁드리고, 찾아가서도 부탁드렸다. 남편까지 데리고 말이다. 결국 주례를 받아주셨다.

교수님은 주례 중 성미정의 「사랑은 야채 같은 것」이라는 시를 낭독해주셨다. 지금도 조그맣게 출력해 책상 위에 붙여뒀다. 처음 들을 때는 머리로만 이해할 수 있었는데 결혼하고 7년 차가 된 지금, 마음으로 조금씩 이해할 수 있게 됐다. 시간 강사로 지냈던 삶을 되돌아보면서 요즘 교수님이 내 인생에 얼마나 큰 영향을 끼쳤는지 생각한다. 대학원생이 됐을 때, 시간 강사가 됐을 때, 그리고 결혼할 때, 내 인생의 가장 소중한 변화의 순간에 늘 교수님이 함께 해주셨다.

지도 교수님을 내 인생의 선생님, 은사님이라고 생각할 수 있다는 것은 얼마나 행운인가. 나는 참 복 받은 제자다.

서른, 결혼, 새로운 시작

서울로 올라가느냐 지방에 남느냐의 고민이 결혼해야겠다는 결론에 이르게 된 것은 남자친구가 졸업하고 취업해야 할 직장이 경기도에 위치했기 때문이었다. 서울은 아니지만, 지하철이나 광역버스로 어렵지 않게 서울로 진입할 수 있는 곳에 신혼집을 잡으면 나도 나름대로 왔다 갔다 하며 공부하고 강의하며 지낼 수 있었다. 다만 문제가 되는 것은 남자친구가 시기에 맞춰 졸업할 수 있느냐 없느냐였다.

책만 있으면 어디서라도 공부할 수 있는 나와 달리 남자친구는 연구실에서 실험을 동반해야만 했으므로 학교를 떠날 수 없었다. 그래서 당장 서울로 올라가는 대신 1년 정도 그 지역에 머무르며 결혼 준비를 하기로 했다. 남자친구는 서둘러 졸업 준비에 들어갔고, 나는 1년 더 머무르기로 했다. 이로써 우리의 합의가 이뤄졌다.

결혼식은 남자친구의 박사 논문 심사가 있을 10월로 잡아 뒀다. 만난 지 6개월. 우리는 결혼을 약속하고 예식장을 잡았다. 양가 부모님과 상견례를 하고 큰 문제 없이 차근차근 결혼식을 준비했다.

결혼 소식을 알렸을 때 가장 놀란 사람은 바로 부모님이었다. 괜한 센 척이었는지, 부끄러움 때문이었는지, 결혼 안 하고 평생 공부하며 자유롭게 살 거라고 호기롭게 이야기하던 막내딸이 결혼한다며 남자친구를 소개했기 때문이었다. 친구들도 마찬가지였다. 지방으로 내려가고 얼마 지나지 않아 결혼하겠다니 제일 먼저 이렇게 물었다. "어떻게 결혼을 결심하게 됐어?"

영화나 소설 속 장면처럼 어떤 섬광이 쾅 하고 지나가지 않았지만, 하루 이틀 만날수록 '이 사람과 결혼하겠구나.' 라는 확신이 들었다. 그러니 모든 게 결혼으로 이어졌다. 있던 곳으로 다시 가고자 하는 내 의지와 남편의 졸업 시기, 내가 처한 상황 등. 어쩌면 소개팅으로 처음 만난 그 순간부터 결혼으로 길이 이어졌다고도 할 수 있겠다. 이른바 결혼 적정기라는 시기가 중요하게 작용한 것도 사실이다.

1년간 각자 일하면서 천천히 결혼을 준비했다. 지금 돌이켜 생각해보면 내 인생에서 가장 여유롭고 즐거운 시기였다. 지금은 남편이 된 남자친구 역시 마찬가지였다. 결혼을 결심했을 때만 해도 졸업이 깜깜했지만, 논문 주제의 실험이

별 탈 없이 진행돼 우리가 예정한 시간까지 충분히 여유가 있었다.

하루하루가 행복하고 감사해 어떤 큰 불행이 닥치는 건 아닐까 걱정스럽기까지 했다. 이렇게 사랑받아도 되는 것일까, 20대를 힘겹고 바쁘게 살아왔기 때문에 선물을 받은 거라고 생각하다가도 내가 이렇게 행복하기만 할 리 없다며 지금 이 행복이 금방 깨질까 두렵기도 했다. 스스로에 대한 믿음이 낮아 자존감이 꽝인 내 모습을 들킬까 전전긍긍하기도 했다. 그럴 때면 이유 없이 감정 기복을 보이기도 했는데 남자친구는 늘 기다려주고 들어줬다.

남자친구는, 그러니까 남편은 자존감이 높은 사람이다. 그래서 사람들을 더 배려할 줄 안다. 자신을 낮추는 것이 지는 것이라고 생각하지 않기 때문이다. 겉으로만 센 척했던 나는 마음 한구석이 텅 비어 있었고, 그 구멍을 들키지 않으려고 무던히도 연극하는 사람이었다. 결혼을 약속하고 나서도 나는 가난한 내 진짜 모습을 들킬까 봐 솔직하지 못했다. 그래서 나를 포장하기 위해 말을 많이 늘어놨는데 남편은 그 이야기를 들어줬다. 나도 모르는 감정에 휩싸여 있을 때면 남편에게 이야기했다. 처음부터 묵묵하게 이야기를 들어주는 남편에게 내 이야기를 실컷 할 수 있게 되니 내가 왜 이런 감정에 휩싸이게 됐는지 근원의 이야기까지 닿게 됐다. 우리는 결혼을 준비하는 1년간 정말 많은 이야기를 나눴다.

언어의 힘은 마법 같다. 내 마음의 가장 밑바닥에 있는 미움, 질투, 시기와 같이 떳떳하지 못한 감정들까지 모조리 남편에게 털어놓자 더는 연기할 필요가 없어졌다. 누군가를 미워하고 질투하는 내 모습도 내 일부라는 사실을 인정하니까 거기서 한 발짝 더 나아갈 수 있었다. 그런 부정적 감정이 들 때 일부러라도 다른 생각을 하고, 다른 이야기를 하는 건 남편을 만나 배운 감정 조절법이다. 나 자신을 숨기기 위해 거짓말하지 않아도 되니 나 자신을 아끼는 법도 알았다.

정말 좋은 사람을 만나 이 행복이 오래가지 않을 것이라 불안해했던 내가 나도 좋은 사람이니까 이렇게 좋은 사람을 만난 것이라고 생각하게 됐다. 2013년 4월 26일에 만난 우리는 2014년 10월 26일에 결혼식을 올렸다. 1년 반이라는 시간 동안 나는 많이 변했다. 여전히 조급하고 부정의 성격이지만, 나 자신을 달래고 내 약한 부위를 드러낼 수 있는 사람이 됐다.

서른, 당신을 만나 새로운 삶이 시작됐다.

직장을 그만두다, 잃다

신혼 여행을 다녀온 지 얼마 되지 않아 아이가 찾아왔다. 몸이 예민했던 나는 보통 임신임을 알 수 있다는 5주 차보다 일찍 알았다. 평소와 약간 다르다는 것을 깨닫고 바로 테스터를 사용했는데 희미하게 두 줄이 생긴 것이었다. 병원에 갔더니 시기가 너무 일러 아직 알 수 없으니 2주 뒤에 오라고 했다. 테스터를 사용할수록 선이 진해졌다. 테스터의 선이 또렷해졌을 때 병원에 방문했다. 임신이었다.

처음 만남부터 결혼까지 그리 긴 시간이 걸린 건 아니었기에 자녀 계획을 자세히 생각하지 않았다. 게다가 주변 가까운 사람 중에 아이를 낳고 기르는 사람이 없어서 그 깊이에 대해서 생각해볼 기회가 없었다. 내 아이를 낳기 전까지 어린 아기를 안아본 적도 없었다.

임신임을 확인받고도 양가 부모님께는 안정기가 될 때까지 기다렸다 알렸다. 10월에 결혼했고 12월이 기말 고사 시즌이기에 안정기까지는 시험 기간을 거쳐야만 했다. 이 시기에는 먼 거리를 대중교통으로 이동해야 한다는 것도 어려웠지만, 쏟아지는 잠을 견뎌내는 것이 가장 힘들었다. 잠에 별로 크게 구애받지 않았기에 가만히 앉았다가도 눈이 감기는 내 몸을 이해하기 어려웠다. 이래저래 다행히 학기를 마쳤다. 하지만 진짜는 이제 시작이었다.

완전 초기에는 쏟아지는 잠으로 나타났던 임신 증상은 시간이 조금 지나자 입덧으로 왔다. 토하지는 않았지만, 토하기 직전의 몸 상태가 24시간 지속했다. 멀미에 멀미, 속도 울렁거렸지만, 어지럽기도 그렇게 어지러웠다. 베개로 머리를 단단하게 고정하고 누워 있어야만 그나마 나았다. 지금이 방학이라는 게 얼마나 다행인지, 눈물을 줄줄 흘리며 누워 있으면서도 감사했다.

그사이 남편은 대학원을 졸업했다. 졸업 후 바로 입사가 예정되긴 했지만, 3월 입사 전까지 한두 달의 시간은 자유로웠다. 우리는 호주에 가서 한 달 정도 살다 올 계획이었는데 임신이라는 변수로 물거품이 됐다. 그래도 입덧이 가장 심할 때 남편과 함께 있을 수 있어 다행이었다.

입덧에 내가 할 수 있는 일은 별로 없었다. 나는 매일 누워 있었고, 남편은 그나마 내가 먹을 수 있을 것 같은 음식을 하기 위해 요리의 달인이 됐다. 찌개나 볶음밥으로 시작했던 요리가 김치를 담그거나 빵을 굽는 수준까지 올라갔다. 입덧으로 많이 먹지 못했지만, 노력하는 남편 덕분에 조금 씩 먹으며 버텼다.

개강이 한 달 앞으로 다가왔을 때 우리는 결단을 내려야 했다. 안정기에 들어가면 입덧이 약해진다고 해서 기다렸지만, 그건 기약할 수 있는 일이 아니었다. 극심한 입덧은 지났어도 여전히 멀미가 났다. 더는 미룰 수 없다고 생각됐을 때 학교에 전화를 걸었다. 입덧이 심해 다음 학기에 강의할 수 없을 것이라는 이야기를 해야 했다.

담당 교수님은 따뜻하게 축하의 말을 전해주셨다. 제일 처음 강단에 섰을 때도 긴장으로 땀으로 범벅된 내게 따뜻하게 손을 내밀어주셨던 교수님이었다. 몸이 우선이라고 좋은 마음으로 시간 보내라고 말해주셨지만, 전화를 끊고 엉엉 울고 말았다. 계속 강의하고 싶어서 신혼집도 지하철이 가까운 곳에 자리 잡은 터였다. 남편 회사가 있는 지역으로 이사 오면서도 계속해서 강의에 나갈 수 있도록 동선을 다 정해 놓았던 것이다. 이렇게 그만두면 다시는 돌아갈 수 없을 것만 같아 시간을 계속 미루고 있었다. 입덧은 조금씩 괜찮아졌지만, 이 증상이 조금이라도 길어진다면 나는 물론이고 아이에게도, 학생들에게도 좋지 않을 것이라는 결론에 도달했다.

그렇게 내 오랜 꿈이었던 강사 신분을 잃었다. 내 선택에 의한 것이었지만, 내 의지만으로 선택한 건 아니었다. '그곳이 내 직장이었던 건 맞을까?' 그만두고 나니 허무할 정도로 모든 것이 사라졌다. 그리고 3월을 맞이했다.

튼튼이 엄마 되다 1

3월이 되자 많은 것이 변했다. 석 달간 집에서 함께 시간을 보냈던 남편이 회사에 출근하기 시작했다. 한파로 꽁꽁 얼었던 세상은 조금씩 따뜻해졌다. 베란다 창밖으로 보이는 나무는 하나둘 색을 입기 시작했다. 새 학기. 가슴 설레는 말이다. 모든 것이 흥성거린다. 질투의 꽃샘추위가 찾아와도 금방 이겨낼 수 있는 것은, 곧 시작될 봄기운 때문이다.

학교에서 일하는 것은 그런 의미에서 축복받은 일이었다. 나는 3월의 캠퍼스를 사랑했다. 대부분 목적지를 정해놓고 움직이기 때문에 어디 머물러 있거나 쉬어가는 일이 없는 편인데 봄은 예외였다. 강의실에 들어가기 전 캔커피 하나를 손에 들고 벤치에 앉아 있는 일은 그 시간이 5분이 채 되지 않아도 가슴 설레는 일이었다. 오늘 아무 일정이 없어도 뭔가 약속이 있을 것만 같은 그런 기분이랄까. 점심시간에 학교 근처 식당에는 학생들이 넘쳐났고(3월에 식당가를 장악하던 학생들이 4월이 되면 어떻게 확 줄어드는지는 미스터리한 문제로 남겨둔다.) 인파로 좁아진 문을 통과하거나 어깨를 부딪치며 학교 계단을 오르내리는 일은 괴롭지만, 그래도 좋았다. 봄이니까.

내가 학생이었던 시절에도 그랬지만, 강사 신분이 된 때에도 봄은 특별했다. 온도가 조금 따뜻해졌을 뿐인데 봄은 총천연색이 된다. 꽃들이 흐드러져서 그런 것일까, 날씨에 이렇게까지 영향을 받는 걸 보면 사람들은 생각보다 단순한 존재일지도 모르겠다는 생각도 한다. 이건 나뿐 아니라 캠퍼스의 모든 이에게 적용되는 것 같았다.

3월이 또 특별한 이유는 이제 막 새내기가 된 학생들을 만날 수 있다는 점에 있다. 고등학교를 졸업하고, 대학생이 된 아이들은 티가 난다. 내가 맡은 교과목은 대개 1학년을 대상으로 한다. 글쓰기나 말하기 등과 같은 의사소통 과목은 1학년 공통 교과로 듣는 경우가 많기 때문이다. 그리고 1학년들을 만나는 일은 언제나 익사이팅하다. 익사이팅이 아닌 다른 어떤 어휘를 쓸 수 있을까, 고민하다 그냥 이 단어를 선택했다. 신난다, 다채롭다, 새롭다, 흥미롭다 등 여러 단어가 떠올랐지만, '익↗사이팅'이라는 단어가 갖는 억양과 느낌을 따라올 수 없을 것 같다. 학교에 어느 정도 적응하고, 어떻게 하면 학점을 받을 수 있는지를 잘 아는 고학년 학생들을 만나는 일과는 또 다른 느낌의 신남이 있다. 새학기, 새내기, 봄, 그리고 새로운 만남. 이 모든 것이 조화를 이루는 3월을, 사랑하지 않을 수 없다.

그런데 내 3월이 고요해졌다. 어느 때보다 신나고 즐거워야할 내 3월이 텅 빈 것 같았다. 여전히 잠과 씨름을 하고 있었기에 나는 대체로 늦게 자고 늦게 일어났다. 남편은 이미 출근하고 없는 시간, 늦게 일어나 밥을 챙겨 먹고 텔레비전을 봤다. 워낙 그 전부터 집에 있는 것을 좋아했기에 심심하지는 않았다.

생각해보니 2004년에 대학생이 된 이후 학교에 머무르지않는 첫 번째 해였다. 무료하지 않았지만, 허전했다. 그러니까 사랑하는 사람과 여유롭게 꽃놀이를 하고 있는데 손에휴대전화가 없는 것 같은 허전함이었다. 휴대전화가 없어도이 시간은 소중하고 행복하지만, 사진으로 순간을 남기지도못하고 전화도 받지 못하고 검색도 못하는, 그런 종류의 허전함이었다.

고요한 3월을 즐기는 방법은 다양하다. 미세먼지나 황사가심하지 않은 틈을 타 문을 전부 열어놓고 환기하고, 집안의쌀쌀해진 공기 속에서 따뜻한 차를 마시는 것도 좋다. 혹은팝콘과 탄산수를 준비해두고 다운로드 받은 미드를 끊이지않고 보는 것도 추천한다. 산책한다면 너무 이른 시간보다는 나른한 오후 시간이 좋다. 초등학생 아이들이 이른 하원을 하는 시간이면 더 좋다. 그 공간에는 나른한 오후의 봄이 가진 '느림'과 아이들의 활기에서 나오는 '빠름'이 함께 공존한다. 동네 벤치에 앉아 까치를 구경하는 일도 시간 가는 줄 모른다. 가끔 산책 나온 강아지가 까치에게 털을 세우고 치대는 걸 보는 행운을 맞이할지도 모른다.

산책에서 돌아올 때는 빈손이면 안 된다. 1,000원짜리 찹쌀도넛이라도 꼭 하나씩은 사서 들어와야 한다. 그건 산책할 때 설렘과 돌아올 때의 뿌듯함을 대신해준다. 다음 날 산책이 기다려지는 소소한 이유가 되기도 한다.

그렇게 나만의 3월을 꾸렸다. 그 시간은 지금 돌이켜봤을 때 주홍빛이 도는 순간들이다. 따뜻하고 여유로웠다. 하지만 그 와중에 마음 한구석에 작은 구멍이 생겼다. 강의를 못 하겠다고 결정한 순간 생긴 구멍이었다. 그 구멍은 바늘이 겨우 들어갈 만큼 아주 작았는데 시간이 지날수록 조금씩 커졌다. 그 구멍이 커지고 있다는 것을 인지하지도 못할 만큼 아주 천천히, 조금씩, 매일.

튼튼이 엄마 되다 2

"태명은 뭘로 지을까?" 길고 긴 입덧은 3월로 막을 내렸다. 사회 초년생이 된 남편은 아침과 저녁에만 만날 수 있었지만, 입덧이 심한 시기에 함께했던 기억으로 아쉬움을 달랬다. 입덧의 해방으로 마음이 가벼워지자 태명을 지었다.

인터넷에 검색하면 태명 목록이 뜬다. 귀엽고 앙증맞은 이름이 많았다. 초음파 사진 속의 젤리 곰 같은 그런 이름들이었다. 그런데 우리가 결국 선택한 이름은 '튼튼이'였다. 어디선가 엄마나 아빠가 아이의 이름을 부를 때 거센소리가 들어가면 배 속의 아이에게 더 잘 들린다는 이야기를 읽어서였다. 촌스럽게 지어야 삼신할미가 질투하지 않는다는 그런 글귀도 눈에 들어왔다. 뭐 하나 쉽게 넘길 수 없었다. 결국 태명은 남들도 많이 쓰는 '튼튼이'가 됐다. 건강하게만 자라 나왔으면 하는 우리의 바람이 들어가기도 했다.

3월은 새로운 상황에 적응하느라 나름 분주하게 지냈다. 입덧이 사라지고 먹고 싶은 것도 많아져 이것저것 많이 먹으러 다니기도 했다. 문제는 4월부터였다. 바늘 구멍처럼 작았던 구멍이 커져 나를 집어삼킨 것이다. 2015년 4월 10일. 그날의 일기에는 길가에서 엉엉 울던 일이 적혀 있다.

20주, 임신 중기에 들어선 나는 매일 산책한다. 산책 말고는 딱히 할 수 있는 일이 있지도 않았다. 멀리 가지는 않고, 동네 한 바퀴 정도로. 아직도 기억나는 건 아파트 단지 하늘을 꽉 채운 벚꽃이었다. 당시 살던 곳은 매우 오래된 아파트였는데 오래된 만큼 나이 먹은 꽃나무들이 아파트 단지 곳곳을 채웠다. 봄이면 따로 벚꽃놀이를 갈 필요가 없을 정도로 흐드러졌다. 사람이 드문 시간, 산책하던 나는 고관절 통증으로 잠깐 앉아 쉬었다. 고개를 들어 하늘을 보면 하늘빛이 잘 보이지 않을 정도로 벚꽃이 빽빽했다. 정말 아름다운 광경이었는데 그 광경이 하나도 아름답지 않았다. 원망스러웠다. 또각거리는 구두를 신고, 학교에 나가 강단에 서고 싶었다. 학생들을 만나고 싶었다. 나는 왜 여기, 아무도 모르는 곳에 와 혼자 앉아 있는가에 대한 생각으로 억울한 마음이 들었다. 나만 혼자 도태되는 것 같은 기분이었다.

직장의 자리가 보장된 사람들은 휴직하고, 다시 돌아갈 수 있다. 하지만 강사들은 그 누구도 '보장'해주지 않는다. 내가 나온 자리는 반드시 누군가가 대신 차지한다. 호르몬 탓도 있겠지만, 당시에는 돌아갈 수 없을 것이란 생각에 바닥에 가라앉는 것 같은 느낌에 사로잡혀 있었다.

그때였다. 아주 미세하게 배를 긁는 느낌이 들었다. 정확히 말하자면 살갗이 아니라 배 안쪽에서 긁는 느낌이었다. 긁었지만 날카로운 뭔가에 의한 것은 아니었고 아주 부드럽고 작은 것의 느낌이었다. 태동이었다! 튼튼이는 전반적으로 활발한 태동을 보이지 않았다. 물방울이 톡 하고 터지는 정도의 태동만 느꼈다. 그런데 벚꽃이 흐드러진 벤치에서 튼튼이가 나를 부른 것이다.

온 신경이 배에 집중됐다가 그런 움직임이 두어 번 반복되자 눈물이 쏟아졌다. 임신하고 눈물이 많아진 탓도 있었지만, 미안한 마음에 눈물이 쏟아졌다. 왜 내가 혼자라고 생각했을까? 내 안에 쿵쿵 뛰는 심장으로 온몸을 내게 맡긴 작은 생명이 있는데 왜 계속 '혼자'라고 생각했을까?

바람이 불고, 벚꽃잎이 흩날렸다. 벚꽃잎은 발아래에, 어깨에, 그리고 배 위에 떨어졌다. 나는 혼자가 아니었다. 외로울 이유가 없었다. 사람이 드문 시간이기도 했지만, 다른 사람 시선을 신경 쓰지 않고 펑펑 울었다.

나는 정말 엄마가 되는 것이었다.

메르스 전국시대

임신 초기부터 중기까지 시도 때도 없이 흐르던 눈물은 좀 진정이 됐다. 입덧이 끝나고, 몇 차례의 자잘한 고비는 또 찾아왔다. 임신 당뇨 검사에서 재검이 떠 음식을 조절하며 한참 우울하기도 했고 녹슨 못에 찔려 허겁지겁 병원에 가 파상풍 주사를 맞기도 했다. 갑자기 늘어나는 체중에 놀랄 새도 없이 온몸이 아파 끙끙거리기도 했다. 특히 임신 전부터 아팠던 고관절이 임신하고도 말썽이었다. 그래도 이제 혼자가 아니라는 사실은 큰 위안이 됐다.

우리는 이사를 결심했다. 신혼집은 수원에 있었다. 시간 강사 특성상 지역을 벗어나는 경우가 많았기에 주거지 근처에 지하철역과 기차역, 그리고 고속터미널 등이 가까운 곳이 좋았다. 남편 회사는 경기도 동탄에 위치했고, 우리는 동탄에서 가까운 수원으로 신혼집을 정했던 것이다.

그런데 결혼하자마자 내가 강사를 그만두면서 굳이 연고도 없는 수원에 있을 필요가 없어졌다. 남편은 출퇴근을 위해

왕복으로 2시간 가까이 썼기에 남편 회사가 있는 동탄으로 이사를 결정했다. 부른 배를 뒤뚱거리며 동탄과 수원을 오가기를 수차례, 시기 조절 실패로 한 번의 가계약 파기가 있었고 마음고생 끝에 적당한 집을 계약했다. 회사까지 걸어서 15분이면 도착하는 아파트였다.

새로 이사한 동탄은 계획도시라 깔끔한 인상이었다. 도보로 10분 이내에 누릴 수 있는 것이 많았다. 문화센터부터 시작해 병원, 마트, 식당가, 쇼핑몰 등. 들뜬 마음을 감출 수 없었다. 계약에 온통 집중하느라 제대로 된 태교도 하지 못했다. 이사도 왔으니 문화센터도 다니고, 사람들도 만나며 '예비 엄마'로 시간을 즐기려고 했다. 그런데 청천벽력 같은 뉴스가 떴다. 바로 메르스의 출현이었다.

원래도 겁이 많았는데 임신하고 보니 세상에 무서운 것이 천지였다. 임산부가 메르스에 걸리면 약도 쓰지 못하고 더 위험할 수 있다는 보도에 집 밖을 나서는 것조차 무서웠다. 신청한 문화센터도 취소하고 칩거하는 시간이 길어졌다. 산책도 못하니 잠잠해진 우울감이 또 도졌다. 그나마 다행인 건 남편 회사가 가까워 아침저녁으로 함께 있는 시간이 조금 길어졌다는 것이었다.

마스크를 쓰고 밖으로 나가도 되지만, 지금 생각하면 미련

할 정도로 조심스러웠다. 우리가 있는 지역에서 메르스 환자가 나왔기 때문에 더 겁이 났던 것 같다. 외식 한 번 마음 놓고 하지 못했고 그 와중에 출산일이 다가왔다.

출산, 그리고 시계

아이가 세상에 나올 때가 됐다! 몇 가지 사정으로 자연 분만이 아닌 제왕 절개를 하기로 한 터였다. 무더위가 한창인 8월 10일로 수술 날짜가 잡혔다. 마취는 전신 마취와 부분 마취를 선택할 수 있는데 고민할 것 없이 부분 마취를 선택했다. 하반신만 마취하기 때문에 아이가 태어나는 순간 정신은 깨어 있을 수 있었다. 수술하는 소리가 다 들려 무섭다고 하지만, 많은 엄마가 태어나는 순간의 아이 울음소리를 듣기 위해 하반신 마취를 선택한다. 나 역시 마찬가지였다. 차가운 수술대 위에 눕자 마취가 시작됐다. 의사 선생님은 허벅지를 꼬집고는 감각이 있냐고 물었다. 몇 번의 과정을 거쳐 수술이 시작됐다. 슥슥, 알 수 없는 소리가 들리고 몇 분이 지나지 않아 아이 울음소리가 들렸다. 튼튼이가 세상에 나온 것이다!

의사 선생님은 아이 얼굴을 한 번 보여줬고, 나는 얼떨떨한 기분으로 수면 마취에 들었다. 후 처치를 위함이었다. 눈을 뜨니 남편이 울 것 같은 표정으로 내 옆에 있었다. 아이는 내가 낳았는데 남편이 방금 수술받고 나온 것처럼 울상이었다. 수술을 받아야 했기 때문에 일정 시간 금식했는데 그 금식 기간에 덩달아 금식을 자처했던 남편이었다. 나중에 들은 바로는, 내가 수술실에 들어가고 회복하는 동안 물 한 모금 마시지 않고, 수술실 앞 의자에 앉아 덜덜 떨고 있었다고 했다. 양가 부모님이 식사하러 가신 동안 혼자 덜덜 떨며 앉았을 남편을 생각하니 당장 아이를 낳은 나보다 남편이 더 안쓰러웠다. 생각보다 괜찮았던 나는 그런 남편의 모습에 피식 웃음이 났다. "괜찮아, 견딜 만해."

세상에! 몇 시간 뒤 나는 괜찮다는 말을 뱉었던 나 자신을 원망해야 했다. 여전히 마취 덕분인 걸 모르던 태평한 소리였다. 마취가 풀림과 동시에 시간은 초 단위로 느리게 흐르기 시작했다. 가만히 있어도 손과 발에 힘이 들어갔다. 이런 극심한 통증은 처음 겪어 뭐라고 설명할 수 없을 정도였다. 링거를 통해 무통 주사를 맞고 있으면서도 4시간에 한 번씩 맞을 수 있는 진통제를 눈이 빠지게 기다렸다. 텔레비전 속에서 보던 통증으로 이성을 잃고 남편 머리를 쥐어뜯고 소리 지르는 그런 고통과 달랐다. 정신은 계속 또렷하고 통증은 심해졌다. 너무 아파 소리도 못 내고, 움직이지도 못하는 그런 긴장 속에서 오로지 시계만 쳐다볼 수밖에 없었다. 그래서인지 출산 후 있었던 입원실의 형태는 잘 기억나지 않는데 입원실에 있던 시계는 또렷하게 기억난다. 갈색 테두리의 동그란 시계.

그래도 시간은 흐르고, 통증도 약해졌다. 허리를 펴고 걸을 수 있게 될 즈음 짐을 싸고 병원 바로 옆 조리원으로 옮겼다. 여전히 배는 아프고 봉합한 부위가 터질까 봐 긴장했지만, 더는 시계만 쳐다보지 않아도 됐다.

그러나 통증이 줄었을 뿐 다른 의미로 몸이 힘들었다. 때마다 수유하라며 전화가 울렸고, 이를 거부하지 못하는 엄마들은 부족한 잠으로 푸석한 몸을 이끌고 수유실에 모였다. 아이를 안는 법부터 시작해 수유하는 법, 기저귀 가는 법, 목욕시키는 법까지 육아에 필요한 기초 지식을 배우느라 정신없었다. 아이를 둘 이상 낳은 엄마들은 조리원에서는 무조건 안정을 취해야 한다고 조언해줬지만, 그럴 여력이 없었다. 그래도 그 사이 군대 동기보다 끈끈하다는 조리원 동기들과 친해졌고, 조리원에서 아이를 봐주는 사이 남편과 영화도 한 번 보러 다녀오는 등 나름 알차게 시간을 보냈다. 그러나 그때까지도 알지 못했다. 사람들이 왜 조리원을 '천국'이라고 부르는지에 대한 참 의미를 말이다!

나를 집어삼킨

집에 온 날의 집 풍경이 너무도 생생하다. 아이를 맞이하기 위해 깔끔하게 정리된 집안. 모든 천 종류의 수건과 옷, 이불들이 빳빳하게 세탁을 마친 뒤라 마른 세탁물 향기가 은은했다. 땀을 뻘뻘 흘리며 아이를 데리고 와서 거실에 자리를 잡았다. 거실 한 가운데 푹신한 매트를 깔아 둔 터였다. 아이 방을 꾸며 뒀지만, 당분간은 거실에서 생활할 계획이었다. 빙글빙글 돌아가며 소리를 내는 모빌, 아이를 잠시 눕힐 수 있는 바운서, 그리고 각종 육아용품이 한 자리씩 차지했다. 가제 손수건과 로션, 기저귀, 아기용 면봉, 물티슈 등.

매트 한쪽 모퉁이를 차지한 아이는 정말 작았다. 거대한 매트 위라서 더 그래 보였다. 잠에서 깬 아이는 앵, 하는 울음소리를 냈다. 이제 세상에 태어난 지 한 달도 안 된 신생아의 울음이었기에 소리도 크지 않았지만, 그 소리를 듣는 순간 가슴이 답답해졌다. 아이 아빠에게 거실을 맡기고 안방으로 들어왔다. 임신하고 부른 배로 매일 끙끙거리며 눕고 일어났던 침대에 앉았다. 더는 몸이 무겁지 않다. 아이는 태어났고, 그 아이는 거실에 누워 있다.

정신없이 지냈던 조리원에서와 달리 우리만 있는 집안에 부서질 듯 작은 아이와 함께 있다는 사실에 갑자기 너무 무서웠다. 아이가 누워 있는 거실이 무거워 바닥으로 푹 꺼진 것 같은 느낌이었다. 아주 작은 아이 한 명이 집에 들어왔을 뿐인데 온 집안이 그 무게를 이기지 못한 듯 가운데로 기울었다. 책임감이 밀려왔다. 생명을 책임진다는 말이 이렇게 무거운 말이었던가. 문득 이젠 과거로 절대 돌아갈 수 없다는 사실을 깨달았다. 못 견디게 무섭고 무거웠다. 내가 한 생명을 온전히 책임져야 한다는 사실, 이제 앞으로 평생을 나 자신보다 더 소중하게 여기고 보듬어야 할 존재가 생겼다는 사실이 내 어깨를 무겁게 짓눌렀다.

아이를 낳은 산모는 대부분 우울감을 겪는다고 한다. 그것은 경중의 차이만 있을 뿐이지 호르몬의 영향에서 자유로운 사람은 없다. 그리고 우울한 감정이 심해지면 산후 우울증으로 발전하는 것이다. 내 의지와 상관없이 호르몬의 지배를 받는 것의 경험은 이미 임신 때 겪어봐서 알고 있었다. 시도 때도 없이 흐르는 눈물과 롤러코스터를 타는 감정 기복에 나 자신도 당황했던 터였다. 그런데 아이를 낳고 난 뒤에는 그런 호르몬의 작용에 더해 책임감이라는 중압감이 작용해 우울감이 폭발했다.

산후 우울증은 생각보다 무서웠다. 산후 도우미 이모가 2주간 더 와주셔서 몸이 힘들지 않았지만, 쉽게 잠들지 못했다. 음식이 입으로 넘어가지도 않아 임신하기 전 몸무게로 금방 돌아갔다. 모유 수유에 대한 집착은 짜증을 넘어 광기가 됐다. 아이가 잠들면 나도 같이 자야 하는데 소리에 예민한 나는 아이의 뒤척거림에도 금방 깨고 말았다. 이렇게 작은 존재가 날 힘들게 하다니 원망의 마음에 눈물만 줄줄 흘렸다. 모성애를 어디서 사올 수 있다면 가서 사오고 싶은 심정이었다. '나만 왜 이렇지. 나만 왜 이 모양이지?'

이런 내 모습에 제일 놀란 건 남편이었다. 나중에 들은 이야기지만. 아무렇지도 않게 죽음을 이야기하는 내 모습에 너무 놀랐다고 한다. 뉴스에서 들려오는 산후 우울증에 걸린 엄마들의 극단적 선택들에 행여나 나도 나쁜 마음을 먹지 않을까 회사에 있는 내내 전전긍긍했다고.

부모님도 이런 내 상태를 아셨는지, 아빠는 모유 수유를 그만하라고 하셨다. 한 달이면 충분히 노력했다고, 이제 분유만 먹여도 된다고 나를 설득했다. 워낙 먹은 게 없어 그런지 모유도 자연스럽게 말랐다. 분유만으로도 충당이 되자 밤에도 남편이 거의 아이를 보다시피 했다. 이제 입사해 팀에서 막내 역할을 했던 남편이 회사에서도 치이고, 집에서도 육아에 치였던 것을 생각하면 지금도 마음이 아프다. 그런데 그때는 그렇게 도움을 받고 있으면서도 세상을 보지 못했다. 오로지 나와 아이 두 사이만 보였고, 세상은 온통 암흑 같았다.

증상이 심해져 아빠 손을 잡고 병원에도 갔다. 아이가 태어난 지 50일도 안 됐을 때였다. 친정에 내려가 아빠가 추천하는 병원으로 가서 이것저것 검사를 받았다. 하지만 충고랍시고 이야기를 늘어놓는 할아버지 의사 앞에서 내 분노는 더했다. 결국 내 감정을 이기지 못한 나는 한밤중에 짐을 싸서는 집으로 왔다.

도저히 제어가 안 되는 상태였다. 아이가 떨어질까 소중하게 안은 팔에 힘이 들어갔고, 그 힘이 계속 딴딴해져 팔이 굳어가는 느낌이었다. 이러다가 모든 것이 팍, 하고 터질 것만 같았다.

그리고 그즈음 부산에서 어머님이 올라오셨다.

아이는 같이 키우는 거야

아이 아빠의 S.O.S였을 것이다. 결혼하고 어머님과 딱히 함께 지낼 기회는 없었지만, 우리 어머님은 이야기로만 전해 들어왔던 다른 시어머니와는 확실히 달랐다. 결혼을 진행하는 것에 있어서도 좋은 것을 주고 싶어 하면 하셨지, 받으려고 하지 않으셨다. 그래도 시어머니는 엄마가 될 수 없다는 세상의 말들에 지레 겁을 먹고 적당한 거리를 두고 있을 때였다.

친정에서 동탄으로 올라오고 얼마 안 있어 어머님이 올라오셨다. 임신했을 때에도 이런저런 음식을 잔뜩 보내주셨다. 이번에는 아예 상자로 챙겨 와주셨다. 좋은 재료에 좋은 음식들. 집에 재료들을 내려놓기 바쁘게 어머님은 바로 옷을 갈아입으셨다. 그리고 부엌으로 들어가셨다.

보통 아이를 낳고도 어머님이 집에 오시면 며느리는 음식을 준비해 식사를 대접하는데 어머님이 계신 동안 내가 손에 물을 묻힌 적은 단 한 번도 없었다. 출산하고 몸이 약해졌을 땐 절대 안정을 취해야 한다며 나중을 위해 몸을 쓰지 말라고 하셨다. 쭈뼛거리며 부엌 근처를 서성이자 아예 그 근처에도 못 오게 하셨다.

남은 시간에는 아이를 안아주셨다. 유달리 등 센서가 발달했던 아이는 낮잠도 꼭 품에 안겨 자곤 했는데 그런 아이를 어머님이 안아주신 덕분에 나는 병원에도 다녀오고, 커피 한 잔도 마실 수 있었다. 처음에는 최대한 옷도 갖춰 입었는데 어느 순간부터 잠옷을 편하게 입고 어머님께 이런저런 이야기를 먼저 건넸다. 2주의 시간이었다. 2주간 꼬박 어머님은 나를 위해 시간을 써주셨다.

"나는 괜찮다. 신경 쓰지 말고, 몸조리에 집중하거라!" 안부를 묻는 전화에 아버님은 호쾌하게 답하셨다. 무뚝뚝한 말투로 걱정하지 말라고 말씀해주시는 아버님 목소리에 며느리에 대한 걱정이 묻어 있어 나도 모르게 울컥했다. 퇴직한 후에도 바쁘게 일을 이어가고 계신 아버님께 어머님의 부재가 괜찮을 리가 없었다. 그것도 2주간 말이다. 어머님의 부재로 남편의 동생인 서방님과 동서가 그 자리를 채워줬다. 나 하나로 온 집안 식구가 손을 뻗었다. 장기간 부재로 처리해야 할 일이 있었던 어머님은 가벼워진 짐 바구니를 들고 다시 내려가셨다. 그리고 일주일 뒤 어머님은 다시 올라오셨다.

"안 불편해? 난 너무 불편할 것 같은데….” 어머님이 올라와 계신다는 이야기를 하면 사람들은 십중팔구 내 불편함을 걱정했다. 하지만 아이를 혼자 봐야 한다는 공포에 휩싸여 있던 나는 어머님이 올라와 주시길 손을 꼽으며 기다리던 터였다.

"미리 알았으면 더 빨리 올라왔을 텐데….” 지금도 어머님은 그때에 대해 이렇게 이야기하신다. 며느리는 시어머니를 불편해할 거란 생각에 조심스러워서 더 빨리 올라와 챙겨주지 못함을 안타까워하신다. 다시 올라오신 어머님은 2주간을 머무셨다. 한 달에 가까운 시간, 어머님과 나는 틈만 나면 이야기를 나눴다. 어머님이 남편을 키울 때 이야기, 젊은 시절 어머님의 이야기 혹은 아주 어릴 적 어머님의 이야기. 나는 궁금했다. 지금 이렇게 어렵고 힘든 게 나만의 것인지. 어머님은 옛이야기들을 들려주시며 나를 위로해주셨다. 그리고 내 이야기도 들어주셨다. 어린 시절부터 지금까지 어떻게 지내왔는지에 대한 긴 이야기들.

정신과 의사도 하지 못한 걸 어머님이 해주셨다. 나는 내 이야기를 차곡차곡 늘어놓으면서 마음속에 있던 딱딱한 응어리를 녹여낼 수 있었다. 출산 후 호르몬 작용이 가장 불안정한 때를 지난 것인지도 모르겠지만, 나는 많이 회복됐다. 결정적으로는 어머님의 이 한마디가 중압감에서 벗어나게 했다. "아이가 태어나면 온 동네 사람들이 함께 키우는 거라 했다. 정화 너만의 아이가 아니고, 우리 모두의 아이니까 같이 키우는 거야. 너무 걱정 안 해도 된다."

나만큼 내 아이를 사랑하는 사람이 더 있다니, 내 어깨를 짓누르던 짐이 가벼워짐을 느꼈다. 그러자 아이의 뽀얀 얼굴이 눈에 들어왔다. 눈을 마주치는 아이의 눈망울이 그제야 눈에 보이기 시작했다. 이렇게 예쁜 아이를 두고 내가 어떻게 그런 생각을 했는지, 알 수 없었다. 이렇게 예쁜데.

조동조동, 오 내 조동!

어머님 덕분에 극심한 산후 우울증을 극복했다면, 육아 스트레스를 이겨낼 수 있었던 건 조리원 동기들 덕분이었다. 아이를 낳고 조리원에 들어가 가장 잘했다고 생각하는 것은 바로 지금 조리원 동기들의 번호를 받은 것이다. 너무나 감사하게도 스마트폰으로 쓰는 톡에 '단체창'이라는 것이 존재한다. 이 존재가 얼마나 대단한지! 지금 돌이켜보면 정말 감사할 따름이다.

조동이라니, 뜻을 모른다면 그 발음과 뉘앙스가 경박하기 그지없다. 하지만 아이를 낳은 엄마들이라면 누구나 다 아는 그 단어, 조동. 조리원 동기의 줄임말이다. 조리원에 왜 들어가야 하는지에 대한 깊은 생각도 없이 '남들이 다 간다고 하니까.' 라는 마음으로 계약했다. 나중에 안 사실인데 나처럼 잠에 예민한 경우 조리원에 들어가는 대신 집에서 24시간 교대로 봐주는 산후 도우미를 신청한다고도 한다. 만약 이 사실을 미리 알았으면 조리원에 등록하지 않았을 것이다. 그랬으면 큰일 날 뻔했다!

지금 우리 조리원 동기 단체창에 모인 이 중 원래 이 조리원에 입소할 계획이 아니었던 엄마들도 있다. 자연분만이었기에 예상 날짜와 다른 날 태어났고, 미리 계약한 조리원이 꽉 차서 지금 조리원으로 옮긴 경우도 있다. 그러니까 하필이면 2015년 8월, 우리는 같은 조리원에서 만났다. 조리원은 천국이라고 하니 천국에서 만난 사람들이라고 해도 좋겠다. 이런 모든 것이 운명이었을까, 나는 지금도 육아의 대부분을 조동과 함께한다.

거의 둘째 엄마들이지만, 나는 첫째 엄마, 그것도 걱정이 태산 같은 엄마다. 아이가 문제가 아니라 엄마가 문제인 대표적 경우. "왜 이렇게 자주 깨요? 왜 이렇게 자주 울어요? 이럴 땐 어떻게 해요? 저럴 땐 어떻게 해요?" 내가 생각해도 과할 정도로 질문이 많았는데 이미 육아 숙달자인 조동들은 마법 같은 말로 나를 위로해줬다. "나도 그랬어." 이 한마디는 육아 초보자인 내게 안심이 됐다. 심각한 문제라고 생각되는 때에도 "괜찮다." 라는 말을 들으니 정말 괜찮을 것만 같았다. 이렇게 웃으며 받아주는 조리원 동기들이 있었기에 육아의 어려움을 잘 이겨냈고, 또 이겨내고 있다. 내가 가진 짐에 대해 함께 이야기 나눌 수 있는 동료가 있다는 것이 얼마나 큰 힘인지!

지금도 하루를 조동의 단체창으로 시작한다. 자라나는 아이들의 개월 수가 같아 같은 고민을 할 수 있기 때문이다. 예전에는 학교 이야기 혹은 논문 이야기가 내 삶의 대부분이었는데 이제는 아이의 이야기가 내 삶의 중심이 됐다. 같은 주제로 이야기를 나눌 수 있는 사람들이 있다는 것은 정말 감사해야 할 일이다. 또 최근에는 아이들끼리 만나 신나게 놀기 시작했다. 태어난 순간부터 함께했던 이 아이들이 이 만남을 오래도록 이어가길 바랄 뿐이다. 물론 내 조동들도 함께 말이다.

경찰청에 가다

가끔 모르는 번호로 오는 전화가 있다. 혹시 택배 관련이거나 주차 때문에 온 전화일 수 있다는 생각에 낯선 번호여도 전화는 받는 편이다. 저장되지 않은 전화 대부분이 택배 관련된 전화이지만, 가끔은 스팸 전화가 섞이기도 했다. 스팸인 것을 확인한 순간에는 보통 응대하지 않고 전화를 끊어버린다. 그날 걸려온 전화도 모르는 번호였다.

"강정화 님 맞으시죠?", "네, 맞는데요. 누구시죠?", "경기남부경찰청입니다." '경찰청'이라는 단어를 듣자마자 무의식적으로 전화를 끊을 뻔했다. 원래라면 스팸이라고 확신하고 종료 버튼을 눌렀을 터였다. '경찰청이라니, 그 유명한 경찰청 보이스피싱인가?' 라고 생각했다. 짧은 순간 다시 번호를 확인해보니 070이나 개인 번호가 아닌 일반 전화번호였다. '정말 경찰청인가?' 라고 생각하며 "그런데요?" 라고 답했다.

"이력서 보고 연락드립니다.", '이력서?' 순간 자세를 고쳐

앉았다. 기억을 더듬어보니 수원으로 이사 왔을 때 경기도 경찰청에서 모집하는 교육 강사 인력풀에 지원했던 일이 생각났다. 무려 2년 전 일이었다. '소통' 관련 과목에 이력서를 정성스럽게 써서 보냈지만, 어떤 연락도 없었다. 떨어졌구나, 무심히 생각하고 넘어갔던 일이었다. 그런데 2년이 지난 뒤에 연락이 온 것이다.

제시한 날짜까지 시간이 촉박한 것을 보아 펑크 난 게 분명했다. 펑크 난 자리에 땜빵으로 들어가는 건 그 자리에 있었던 원래 주인의 대타라는 점에서 한없이 가볍지만, 일을 기가 막히게 처리해 능력을 발휘한다면 자리를 잡을 수 있는 좋은 기회가 되기도 한다. "혹시 이 시간대에 강의 가능하실까요?", "네, 괜찮습니다.", '일정을 조정하는 척이라도 해야 했나?' 라는 생각도 잠시, 무조건 가능하다고 고개를 조아리며 말했다. 아이를 누군가에게 맡기고 시간을 조정해야 하는 일은 뒤에 생각하기로 하고 일단은 된다고 답했다.

종일 아이를 봐야 하는데도 동네 학원 강사 구인 광고를 보고 이력서를 넣을까 말까 우물쭈물하던 시기였다. 보내지 못한 이력서가 메일 임시 보관함에 십수 개씩 쌓이고 있었다. 내년 3월이면 아이가 어린이집에 갈 것이고, 그다음에 다시 일을 시작하려고 했다. 다시 대학 강사로 들어가는 일은 불가능하다고 생각했다. 지금처럼 공개 채용 제도가 거의 없었던 시기라 학교로 돌아갈 수 있는 방법을 알 수 없었기 때문이다. 그런 와중에 경찰청에서 온 전화는 크리스마스에 온 눈처럼 들뜨게 했다.

경찰청에서 열린 강의는 특강이었다. 현직 경찰들이 이수해야 하는 교육 과정 중에 '효과적 의사소통'에 대한 강의를 하는 것이었다. 담당자에 따라 다르지만, 보통 2~3일에서 일주일까지의 교육 기간 중 하루나 이틀 정도 강의하는 형태였다. 강의평에 따라 단발성으로 끝날 수도 있고, 또 계속할 수도 있는 일이었다. 대타로 들어갔지만, 반응이 좋으면 계속할 수도 있을 것이란 기대로 열심히 준비했다.

강의 날, 출산하고 변해버린 체형으로 맞지 않는 옷들을 여러 벌 입었다가 벗었다가를 반복하다 결국 마음에 들지 않는 옷을 입고 경찰청으로 향했다. 초행길 운전에 익숙하지 않아 주말에 남편의 동행 하에 운전 연습까지 마친 상태였다. 부산에서 시어머님이 아이를 봐주기 위해 오셨고, 강의 시간보다 이르게 출발해 수원 경기대 옆에 있는 경찰청으로 차를 몰았다. 시간이 넉넉하게 남아 건물 안에 있는 커피숍에 들어갔다. 신분증이 없으면 건물 진입도 되지 않아 한참을 서서 오가는 사람에 의해 문이 열리기를 기다렸다.

커피숍에 들어가자 경찰청 직원들이 가득했다. 나름 성인 대상 강의를 꽤 오랫동안 해왔다고 자부했으면서도 경찰들이 잔뜩 모인 곳에 들어가자 나도 모르게 주눅이 들었다. 대학생들과는 다른 느낌이었다. 이분들을 대상으로 강의를 진행해야 한다고 생각하니 걷잡을 수 없이 긴장됐다. 늘 그랬듯이 손이 차가워지고, 심장이 미친 듯이 쿵쾅거렸다. 오랜만에 느껴보는 긴장감이었다. 차가운 녹차라떼를 하나 주문하고 강의실 옆 대기실로 이동했다.

간단한 계약서 작성과 강의에 대한 주의사항을 들은 뒤 강의실에 들어갔다. 생각보다 많은 인원이 앉아 있었다. 처음 마주한 강의실 분위기는 그리 좋지 않았다. 마치 무거운 공기가 허리까지 내려와 있는 것 같았다. 사실 강의 의뢰를 받자마자 경찰인 남편 친구를 통해 강의실 분위기에 대해서는 이미 예상한 터였다. 밤새 근무하다 온 경우도 많고, 그게 아니라 해도 늘 업무에 치여 피곤한 사람이 많을 것이라고 했다. 아직 강의가 시작된 것도 아니고, 이제 강의 자료를 세팅했을 뿐이었는데 뒤편에 앉은 분들의 고개가 떨어지기 시작했다.

서둘러 질문했다. 최대한 눈을 맞추기 위해 강단 밑으로 내려갔다. 학교 강의실에서는 쓰지 않던 마이크도 사용했다. 평소 궁금했던 점을 묻기도 했다. 내가 할 수 있는 '소통'에 관한 이론적 이야기에 형사님들이 만났던 사례가 더해지자 집중도가 올라가기 시작했다. 대학생들과는 또 다른 분위기의 강의였다.

남편 친구의 조언대로 정규 수업 시간보다 10분 먼저 끝내고 강의실을 나왔다. 오랜만에 느껴보는 긴장감이었고, 뿌듯함이었다. 더 하고 싶다는 생각까지 들자 강사는 내 천직이라는 생각이 들었다. 나중에 통장을 확인하고 안 사실이지만, 학교에서 받던 강의료보다 훨씬 많은 강의료가 입금돼 있었다! 공공기관과 기업에서 하는 강의료가 좋다는 이야기는 들어봤지만, 실제로 학교에서 주는 시간당 급여보다 몇 배나 많이 찍힌 통장을 보니 기분이 나쁘지 않았다. 그리고 다행히 강의평이 나쁘지 않았는지, 다음 강의를 묻는 전화가 왔다. 고정적인 것은 아니었지만, 강의를 다시 시작하게 된 것이다.

문화재단 소속 강사가 되다

경찰청에 다녀온 뒤로 다시 강의하고 싶다는 열망이 강렬해졌다. 어떻게 하면 강의를 다시 시작할 수 있을지, 아이를 보는 틈틈이 구인 광고란을 끼고 살았다. 물불 가릴 처지가 아니었음에도 이왕이면 학원 강의보다는 인문학에 관한 강의를 하고 싶었다. 한 달에 한 번꼴로 경찰청 강의를 하고 돌아왔다. 교육이 자주 있는 건 아니어서 아쉽기도 했다. 그러는 사이 여름은 가을로, 또 가을은 겨울이 됐다. 돌아오는 봄부터는 아이가 어린이집에 갈 예정이었기에 조금 더 정기적으로 강의할 수 있을 것 같았다. 물론 아이가 어린이집에 있는 시간은 낮이라 그 시간을 이용할 수 있는 강의가 없을까, 몇 달을 클릭하며 여러 사이트를 전전했다. 그때 기적으로 찾은 것이 바로 문화재단의 강사 구인 공고였다.

내가 사는 지역에는 큰 도서관이 하나 있다. 그 도서관에는 주민들을 위한 예술 강좌가 많이 열렸다. 임신하고 이사 와 바로 메르스 사태로 가지 못했지만, 오며 가며 그 도서관에 대한 존재는 인지하고 있던 터였다. 혹시 도서관에서 진행하는 강좌가 없을까, 홈페이지에 접속했는데 마침 강사를 모집하고 있었다. 미술, 무용, 체육 등 취미 위주의 강좌들 사이에 인문학 강좌가 눈에 띄었다. 망설임 없이 지원서를 작성했다.

집에서 차로 5분, 걸어서는 15분. 도서관도 함께 있는 복합 문화센터였다. 집에서 가까워 강의하러 가기도 좋았고, 또 뭣보다 아이가 어린이집을 간 시간을 이용할 수 있었기에 안성맞춤이었다. 문제는 합격 여부였다. 대학에서 강의한 경험은 있지만, 아직 학위가 없었기에 의문이었다.

1차 서류가 통과돼 2차 면접이 잡혔다. 12월 겨울이었다. 어머님은 면접에 입고 가라며 집 앞 아울렛에서 좋은 코트도 하나 사주셨다. 벽돌색이 나는 새 코트를 입고, 대기실에 도착했다. 지원자는 생각보다 많지 않은 듯했다. 면접을 보러 오기 전까지 수시로 들락거리며 봤던 강의 계획서와 강의 사진 등으로 인문학 쪽 강사들의 얼굴을 가늠해봤다. 하나, 둘, 셋. 기존 개설된 강좌 수보다 한 사람이 모자랐다. 누군가 불참한 것이다. 요일과 시간별로 개설된 과목에 빈칸이 하나 생긴 것이다. 몇 가지 질문이 오고 간 면접이 끝난 뒤 나는 합격 통지를 받았다.

나중에 강의 시간표가 나오고 나서 한 분이 개인 사정상 면접에 불참했다는 사실을 알게 됐다. 나는 그분이 있던 시간에 들어갔다. 만약 그분이 오셨다면 합격할 수 있었을까, 지금도 알 수 없지만, 당시의 내게 과분한 자리임은 틀림없었다. 내가 할 수 있는 최선은 그저 열심히 준비하는 것이었다.

틈이 날 때마다 노트북을 꺼내 들었다. 그리고 강의 내용에 대한 시나리오를 작성했다. 내가 할 말, 애드리브, 시각 자료 활용 등 처음부터 끝까지 강의하는 것처럼 연습했다. 20주의 모든 과정을 다 그렇게 연습할 수 없었지만, 처음 한 달간 있을 강의에 대한 연습을 철저히 했다. 그런데 예상치 못한 일이 생겼다. 수강생 신청 인원이 적어 수업 개설이 되지 않은 것이다! 폐강이라니, 한 번도 본 적 없는 강사의 어설픈 강의 계획서로는 사람들을 끌어모을 수 없었다. 그렇게 기대했는데 강좌가 개설되지 않았다는 전화를 받았을 때 그 언젠가 느꼈던 좌절감이 떠올랐다.

"그런데 선생님…" 전화를 끊으려는 내게 강좌 담당 직원이 말을 이어갔다. 면접을 봤던 분 중 한 분이 내가 기획한 내용을 흥미롭게 보시고, 폐강인 걸 안타까워하셨다고 한다. 그래서 한 달간 특강을 진행해보는 것이 어떻겠냐는 제안이었다. 특강은 무료로 진행되니 사람들이 보고 관심 있으면 다음 학기에 수강 신청을 할 것이라는 말이었다. 두말할 것도 없었다. 준비해둔 수업 내용이 있었기에 흔쾌히 수락했다. 무료 강좌에 특강 홍보가 더해져서인지 내 인지도와는 상관없이 많은 분이 참여해주셨다.

손끝이 차가워지고 심장이 요동치는 시간을 지나 강의가 시작되면 그 어느 때보다 자유롭게 이야기를 나눌 수 있었다. 성적을 내지 않아도 되는 수업, 모두 인문학에 관심 있는 수업, 무엇보다 나보다 더 많은 경험과 지식을 축적한 분들과 함께한 수업이었다. 쏟아내는 것보다 받아들이는 것이 훨씬 많은 시간이었다. 그렇게 한 달의 특강이 끝나고, 드디어 다음 학기 강의를 개설할 수 있었다.

+ '수강생 선생님'이라니

수강생 선생님이라니, 적으면서도 이상한 말이다. 수강생은 수강생인데 선생님이라니 앞뒤가 안 맞는다. 그런데 이런 애매한 호칭을 쓸 수밖에 없다. 문화재단에서 강의를 시작하고 만난 분들은 전부 나보다 나이가 많았다. 평일 오전에 하는 인문학 수업이라 누가 들을지 궁금했는데 대부분 일선에서 은퇴하거나 아이가 어느 정도 크고 본인의 시간을 즐기시는 분, 휴직하고 자기계발을 하는 분 등 나보다는 나이대가 높으신 분이 많았다. 아이를 어린이집이나 유치원에 맡겨두고 오시는 분들도 종종 계셨지만, 육아의 특성상 꾸준히 나오지 못하셨다.

사실 한 달이라는 특강 기간이 있었지만, 다음 학기 수강 신청 기간과는 기간 차이도 꽤 났고, 또 그분들만 듣는다는 보장도 없었다. 계약은 1년으로 했기 때문에 이번에도 강의가 개설이 안 된다면 문화재단 측에서도 다시 뽑지 않을 것 같았다. 1년에 한 번씩 서류와 면접 심사를 하며 갱신해야 하는 제도였다.

2학기 강의가 개설되기를 기다리는 동안 미디어센터에서 열리는 특강을 들으러 갔다. 현직 아나운서가 와서 알려주는 발성 수업이었다. 강의를 진행하는 목소리에도 관심이 많았던 터라 신청하고 열심히 나갔다. 거기서 만난 선생님 한 분이 인문학 수업의 열혈 수강생이었다. 그렇게 우연인 듯 운명처럼 만난 수강생 선생님은 내 수업의 수강 신청을 해주신 것에 더해 다른 분들께도 적극적으로 알려주셨다. 덕분에 몇몇 수강생 선생님이 강좌 신청을 했고, 수업은 필요 인원을 아슬아슬하게 채워 개설됐다.

절실함만큼 수업을 이끌어가는 데 강력한 동기가 또 어디 있겠는가. 처음 15명으로 시작한 수업은 입소문을 타기 시작했다. 1명, 2명 청강과 등록이 반복되더니 그 학기 마지막에는 25명에 육박하는 인원으로 마감했다. 처음 인원이 점점 빠지는 경우는 있어도 이렇게 인원이 늘어나는 경우는 거의 없다며 칭찬해주셨다. 다음 학기에 무난히 강좌를 개설했음은 당연했다.

이제는 문화재단에서 수업하지 않지만, 지금도 여기 동탄에서 가끔 선생님들을 만난다. 수업 대신 점심을 먹거나 차를 마시기도 한다. 아이의 책이나 장난감을 챙겨주기도 하는 선생님들은 이제 '수강생 선생님'이 아니라 인생이나 육아 선배님으로 만나고 있다. 고마운 인연이 아닐 수 없다.

다시 내딛는 발

경찰청에서 문화재단으로, 학교가 아닌 곳에서 하는 강의는 나를 조금 더 유연하게 만들었다. 다시 강의할 수 없을지도 모른다는 간절함이 통했는지, 이제 이곳에서 꽤 안정적으로 강의할 수 있었다. 학교에 나갈 때보다 수당도 괜찮은 편이었다. 시험 성적을 매기지 않아도 되고, 집에서도 가까운 곳이었다. 아이를 키우며 멀지 않은 곳에서 강의하며 이렇게 안주할 수 있을 것 같았다.

그런데 또다시 고개를 든 것은 내가 하고 싶었던 공부에 대한 열망이었다. 특히 문화재단에서 인문학 수업을 준비하며, 지난날 썼던 연구 논문들을 뒤적이고 있자니 다시 시작하고 싶은 마음이 꿈틀거렸다. 하지만 아이는 겨우 세 살이었고, 학교는 너무 멀어 자료를 찾기 어려웠다. 어린이집에 다니고 있지만, 수시로 아팠고 엄마의 손을 많이 필요로 했기에 진득하게 앉아 논문을 쓰기란 쉽지 않을 것 같았다. 무엇보다 가슴 한편으로 나는 할 수 없을 것 같은 불안감이 자리했다. 시도하고 실패하는 것이 두려웠다.

학위 논문을 작성할 수 있는 시간도 얼마 남지 않았다. 입학으로부터 10년 안에 논문을 쓰지 못하면 영구 수료에 들어가는 학교 원칙 때문이다. 재입학이라는 제도가 있기는 하지만, 수업을 다시 들어야 했기 때문에 경기도에 거주하며 아이를 키우는 나로서는 불가능한 일이었다. 수료하고 지방의 학교에 갔다가 결혼, 출산, 육아 등으로 시간은 한참 흘러버렸다. 학위 논문 목차를 짜서 교수님을 만나러 가는 정면 돌파를 시도해보려다 잠시 멈췄다. 급할수록 돌아가라는 말이 생각났다. 최대한 신중하게 진행해야겠다고 마음먹었다.

그래서 내가 한 방법은 문화재단의 수업을 박사 학위 논문과 관련된 주제로 잡는 것이었다. 한 학기 총 20주의 시간, 처음과 끝 수업, 그리고 수업 날짜와 공휴일이 겹치는 날들을 제외하면 약 15주 정도의 수업이 진행됐다. 그리고 이 수업에 논문과 관련된 주제를 잡아 자료를 모으는 것이었다. 이렇게 1년이면 박사 학위 논문에 필요한 자료를 충분히 모을 수 있을 것 같았다. 잘돼 논문을 시작할 수 있으면 좋고, 안 되더라도 수업을 진행한 것이니 괜찮을 것 같았다.

그렇게 1년. 학교가 아닌 곳에서 강의하며 다시 학교로 돌아갈 날을 꿈꿨다.

친구, 같은 길 위에 선 동료

시간 강사로서의 삶에 대한 글을 준비하면서 과거의 나와 마주하는 시간이 잦아졌다. 스무 살이 된 이후로 나는 어떻게, 이렇게 한 길을 걸을 수 있었을까. 순간순간 나 자신이 대견했다. 그리고 그 시간에서 마주한 또 다른 사실은, 그 시간에 오롯이 나 혼자만 있지 않았다는 것이었다.

대학생이 되어 처음 만난 친구들이 있다. 나를 제외한 나머지 세 친구는 모두 부산에서 왔다. 그렇게 네 명. 기숙사에서 같이 생활하고 자취할 때 같이 살기도 했던 혹은 지적에 함께 살던 친구들이다. 어설프게 눈화장을 하고 만났던 첫 순간을 아직도 잊지 못한다. 한 친구는 내게 눈 밑의 반짝이가 너무 어색했다며, 지금도 그때 이야기를 꺼낸다. 서로에게 글을 보여주고 글쓰기를 독려하고자 했던 우리는 '쇼잉'이라는 모임 이름도 갖췄다. 기숙사 점호가 끝나면 커피와 야식거리를 들고 휴게실에 모였던 우리. 뭐 그렇게 할 말이 많았을까? 내 스무 살, 대학교 1학년을 떠올리면 이 친구들과 했던 깊은 밤의 수다가 가장 많이 생각난다.

지금까지 햇수로 17년. 공교롭게도 우리는 모두 대학원에 진학했고, 지금도 여전히 그때처럼 끝도 없을 수다를 떤다.

부산으로의 여행, 돌곶이와 석계에서의 자취, 학원 강사 아르바이트, 대학원 생활. 우리는 가장 반짝이던 이십 대를 온전히 함께 지냈다. 같은 학원에서 아르바이트하고, 가까이 살며 자주 만났다. 만으로 십 대에 만났으니 내 십 대와 이십 대, 그리고 삼십 대를 모두 아는 사람들이다. 옹졸한 내가 혼자 상처받고 돌아섰을 때도 먼저 손 내밀고 잡아준 친구들이다. 친구라고 하지만 배우는 것이 더 많은.

처음 강사가 됐을 때, 그리고 중간중간 위기가 찾아올 때, 이 친구들이 아니었다면 오래 버티지 못했을 것이다. 마음을 나눌 수 있는 친구들과 같은 관심사를 갖고 있다는 건 행운이다. 문학이나 예술만 가지고도 하루를 온전히 쓸 수 있는 친구들이다. 같이 있으면, 나도 덩달아 문학 소녀가 되어 즐거워진다. 시간이 흘러 한 친구는 외국에 살고, 한국에 남은 세 사람은 서울과 경기도에 떨어져 살지만, 지금도 여전히 하루도 쉬지 않고 단톡방이 울린다. 멀리 떨어져 있다는 생각이 들지 않는다.

문학이라는 공부를 지금까지 할 수 있었던 건 나 혼자만의 힘이 아니었다. 문학을 마음으로 깊이 사랑하는 이 친구들은 그 누구보다 내게 많은 영향을 준다.

오늘도 강의 시작하기 전, 손이 차가워질 정도로 긴장한 나는 이 친구들이 있는 단톡방에 글을 남긴다. 누구는 읽고 대답을 안 하고, 누구는 읽고 다른 말을 한다. 또 누구는 신경써서 대답해주기도 하지만, 그저 웃긴 사진을 공유하는 것으로 넘어갈 때도 많다. 여기서 '누구'는 매번 달라진다. 그런데 그 누구도 대답하지 않는다고 해서 나 역시 신경 쓰지 않는다. 뭘 먹었고, 어떤 일이 있었는지 사소하게 그때의 감정을 솔직하게 드러낼 수 있는 친구들이다. 주고받는 한마디에도 신경을 곤두세워야 하는 피로한 인간관계 속에서 이렇게 나 자신을 편하게 드러낼 수 있는 사람들이 있다는 사실에 오늘도 감사하다.

내 동료들. 내 쇼잉, 그들이 없었다면 지금까지 문학을 공부하겠다며 이 길을 잡고 있지 못했을 것이다. 시간 강사의 삶에 들어서기 위한 과거의 나를 떠올리며 매 순간 이 친구들을 마주한다. 내 삶에 이렇게 깊숙하게 들어온 친구들이 있음을 새삼 깨닫는다. 언젠가 말했던 것처럼 우리가 맞이할 쉼에는 스페인에서 함께할 수 있기를.

○ 3부 | 다시 꿈꾸다

드디어 마침표

2018년은 길고 외롭고 영광스러웠던 한 해였다. 2017년에 문화재단에서 강의하며 자료를 착실히 모으고 공부한 덕에 교수님께 내민 논문 목차가 통과됐다. 강의를 통해 논문 자료를 모으는 건 생각보다 더 효과적이었다. 나 혼자 공부하는 것보다 가르치거나 공유하기 위해 공부하는 건 훨씬 더 많은 것을 필요로 하기 때문이다.

봄 학기에는 문화재단 수업과 병행하며 논문을 준비했고, 가을 학기에는 모든 것을 그만두고 논문에 집중했다. 이렇게 논문에 집중할 수 있었던 것도 남편의 외조 덕분이었다.

반도체 연구소의 연구원으로 재직하는 남편은 혼자 감당할 수 없을 만큼의 일을 해내고 있었다. 그럼에도 집에 오는 순간 아이를 돌봐줬기에 남은 시간 논문에 집중할 수 있었다. 덕분에 나는 아침에 아이를 등원시키고, 도서관으로 향했고, 집에 돌아와서는 남편이 퇴근할 때까지만 아이를 돌보면 됐다. 잠들기 전까지 논문을 쓰고, 주말에는 온전히 도서관에서 시간을 보냈다. 힘든 내색을 보이면 내가 마음 불편할까 봐 늘 웃으며 아이를 돌봐주는 남편을 보며, 반드시 올해 안에 논문을 끝내야겠다고 다짐했다.

혹시나 실패할 것에 대한 두려움으로 가족을 제외하고는 주위 사람 누구에게도 논문을 쓰고 있다고 말하지도 못했다. 그렇게 여름을 보내며 나는 외롭고 또 외로웠지만, 도서관 문이 닫힐 때까지 앉아서 공부하고 나올 때면 알 수 없는 희열에 휩싸이기도 했다.

2018년 2학기가 되고 학교에 돌아갔다. 논문 예비 발표며 필요한 서류 등 행정 처리가 필요했기 때문이었다. 오랜만에 간 학교는 많은 것이 변했다. 우리가 지냈던 학과 사무실은 이사했고, 건물은 철거 예정이었다. 아는 사람은 모두 졸업했거나 수료한 상태였다. 다시 덜컥 겁이 났다. 논문을 준비하며 혼자 공부했기에 내가 쓰는 글에 대한 확신이 옅어졌다. 함께 이야기를 나누며 공부했던 동료가 없다는 사실이 막막했다.

그런데 학교에서 만난 후배들이 이런 내 걱정을 함께 나눴다. 오랜 시간의 차이를 둔 낯선 선배임에도 반겨주고, 함께 논문을 읽고, 이야기를 나눴다. 돌이켜 생각해보면 문화재단에서 강의하게 된 시점부터 학교에서 후배들을 만나 논문을 제출할 수 있게 된 시기까지 모든 것이 더디지만, 잘되는 방향으로만 흘렀던 것 같다. 2018년 12월, 마지막 서류를 도서관에 제출함으로써 박사 학위를 받았다.

드디어 마침표를 찍었다! 늘 마무리 짓지 못해 마음 한편에 불편함으로 남았던 학위 과정을 끝낼 수 있었던 것이다. 여전히 부족하고 부끄러운 논문이지만, 그럼에도 그 과정을 마쳤다는 것만으로도 엄청난 성취감을 느낄 것 같았다. 그런데 이상하게 마침표를 찍은 것 같지 않았다. 논문을 내고도 별로 홀가분하지 않을 것이라는 선배들의 조언처럼 분명히 마침표를 찍었다고 생각했는데 끝난 것 같지 않았다. 들춰볼수록 부족하고 아쉬운 부분이 계속 나왔다. 끝나지 않는 문장처럼, 아니 어쩌면 영원히 끝나지 않을 문장처럼,

웹툰 전성시대, 비평가가 되다

웹툰을 좋아한다. 언제부터였는지 기억나지 않지만, 벌써 십수 년은 지났다. 당시 어설프지만, 친숙한 그림체로 인기를 얻었던 몇 작가는 이제 웹툰계의 거장(!)이 됐다. 한때는 글과 그림을 함께하는 작가가 되고 싶다며 태블릿을 구입해 설레발치기도 했다. 금방 끝나버린 꿈이었지만 말이다.

학위 논문을 끝낸 겨울 방학이었다. 우연히 한국콘텐츠진흥원에서 개최하는 만화 비평가 공모전 소식을 접했다. 마감일 하루 전이었다. 시간이 촉박해 '어차피 안 되겠구나.' 생각하면서도 찬찬히 살펴봤다. 웹툰 비평은 '지정 만화 비평'과 '자유 비평'으로 총 두 편을 써야 했다. 그런데 마침 지정 만화에 내가 재미있게 봤던 작품이 포함돼 있었다. 아예 몰랐다면 모를까, 한 편은 본 상태라서 고민이 됐다. 두 편을 써야 했지만, 분량이 길지는 않았다. 하루를 꼬박 투자하면 못 쓸 것 같지도 않았다. '한 번 해볼까?'

매일 잠들기 전, 하는 일은 웹툰을 보는 것이다. 특히 즐겨보는 포털의 웹툰은 밤 11시면 다음 날 회차가 올라왔다. 씻고 잠들 준비가 완벽해지면 어두운 방에 누워 웹툰을 보며 하루를 정리하는 것이 내 고정된 일과다. 학생들과 수업할 때 내용이 지루해질 때면 웹툰 이야기로 긴장을 풀기도 했다. 쉬는 시간이면 웹툰을 꺼내 보는 아이들, 대부분 학생이 한두 편 이상의 웹툰을 접하는 시대기도 하다. 요즘 보는 웹툰이 뭐냐고 묻고, 거기에 등장하는 인물 이름을 말하기라도 하면 학생들의 집중력이 올라갔다. 아이들이 좋아하는 웹툰은 나도 한 번쯤 본 것이 대부분이었다. 수업이 끝나고, 괜찮은 웹툰이 있으면 추천해달라는 친구들도 있었다. 그런데도 한 번도 내가 보는 웹툰을 비평해보겠다고 생각하지 않았다. 말 그대로 취미였기 때문이었을까. 그런데 만화 비평가라니, 내가 재밌어하는 일로 글을 쓸 수 있다니!

지정 비평과 자유 비평까지 완성해 작품 두 편을 제출했다. 충분히 퇴고하지 못한 것도, 하루라도 일찍 공모전 소식을 알았으면 하는 마음도 아쉬웠지만, 내 손을 떠났으니 어쩔 수 없었다.

발표 나는 날, 오후까지 별다른 소식이 없어 떨어진 줄 알았다. 당선자에게는 전화가 올 것이라고 생각했기 때문이었다. 그런데 사이트에 들어가 보니 당선자 목록이 떠 있었다. 스크롤을 쭉 내리자 내 이름도 있었다! 우수상, 3등이었다!

대상은 아니지만, 기뻤다. 많은 사람이 사랑하는 작품을 이야기할 수도 있고, 또 내가 좋아했던 작품에 대한 생각을 펼칠 수도 있을 것이라고 생각하니 더없이 기뻤다. 상금도 있다. 문화체육관광부에서 주관하는 만화 잡지에 글을 실을 수도 있다. 원고료가 나온다니, 이렇게 기쁠 수가 없었다. 미술잡지와 학교 신문 기자를 하며 내가 쓴 글로 돈을 받기는 했지만, 그것은 원고료라는 개념보다는 취재 노동에 대한 보수에 가까웠다. 온전히 내가 쓴 글, 비평문으로 돈을 벌게 되다니, 의미가 남달랐다!

문학을 업으로 삼고, 내가 쓴 글로 반드시 돈을 벌 것이라는 다짐이 실현됐다. 아직 아주 미미하지만 말이다.

조교에서 선생님으로

불행 중 다행이라고 해야 할까. 2019년은 강사법으로 전국의 대학교들이 들썩거렸다. 다행인 이유는 2019년 2학기부터 시행되는 강사법으로 1학기까지는 학위를 받은 학교에서 강의할 수 있다는 것이다. 불행으로는 1학기 이후에는 더는 강의를 맡지 못할 수도 있다는 점이었다. 2학기에 시행될 강사법으로 서서히 강사 숫자를 줄이는 와중이었다. 그래도 당장 수업하게 된 게 어디냐며, 위안을 삼는 날들이었다.

글쓰기와 말하기 등 교양에서 하는 표현 수업을 주로 맡았던 내가 처음으로 맡은 전공 수업이었다. 과목은 '현대문학사'. 문학을 가르치고 싶다는 오래고 오랜 소망이 이뤄지는 순간이었다. 현대문학사 교재로 선택한 책에 나오는 모든 책을 다 읽겠다는 각오로(한 학기 준비로는 당연히 불가능하다!) 수업 준비에 들어갔다. 교생 실습을 앞둔 똑똑한 친구들이라는 사실도 그랬지만, 무엇보다 내가 맡은 수업이 지도 교수님 수업 바로 뒤에 배치됐다는 점에 엄청난 부담을 느꼈다.

'매 시간을 특강처럼'이라는 마음으로 수업을 준비했다. 문학사 수업은 문학의 역사를 되짚는 수업인 만큼 많은 수의 작가와 작품을 다룰 수밖에 없다. 때문에 수업은 필연적으로 지루할 수밖에 없다. 그래서 매 시간 시각 자료를 함께 활용하려고 했다. 근대 문학과 미술의 교류에 대해 공부했던 만큼 전공을 십분 활용했다. 덕분에 학생 수가 70명에 달하는 중대형 강의였음에도 집중도가 좋은 편이었다. 문제는 너무 노력했던 탓인지 논문 쓸 때도 걸리지 않았던 다양한 질병에 노출됐다는 것이다. 눈에 염증이 생긴 것을 시작으로 인후염에 걸려 한동안 목소리를 쓰지 못했고, 장염으로 링거까지 맞았다. 다행히 주말에만 바짝 아프고 강의 나갈 때는 호전돼 결강하지 않을 수 있었다. 엄마가 아프고 긴장한 걸 아는지, 다섯 살이 된 아이도 전에 한 번도 걸리지 않았던 폐렴, 장염에 걸려 입원까지 해야 했다. 거기에 수족구는 세트로 따라왔다.

한 주가 어떻게 지나가는지도 모르는 채로, 지방에 있는 가족들의 도움으로 겨우겨우 한 학기를 마쳤다. 학기가 마무리되는 마지막 날, 학생들이 모두 빠져나간 자리에 앉아 한동안 일어나지 못했다. 몸이 아팠던 서러움도, 수업에 대한 부담을 내려놓았다는 안도감도 아니었다. 한 학기의 긴장감이 사라지자 대학원 과정 때 조교로 섰던 이 자리에 내가 선생님으로 다시 섰다는 것의 감동이 몰려왔다.

인문 계열에서 조교가 하는 일이 크지는 않다. 이공계는 조교가 실험을 주도하기 때문에 학생들과 인연을 쌓기도 하지만, 인문계는 실험이 없으므로 대신 수업을 진행하거나 학생들의 활동을 함께하는 등의 과정이 없다. 그래도 매 시간 출석을 부르고 시험을 감독하므로 강의실에 자주 출현해야 한다.

사람들 앞에 서기 전에 가슴이 콩닥거리는 증상은 조교였을 때에도 있었다. 그냥 출석만 부르고 나오면 되는 일인데도 매주 두근거리는 마음으로 강의실에 들어섰다. '언젠가 나도 이 자리에 서서 강의할 수 있을까?' 라고 생각하던 그 광경이 눈에 선한데 내가 이 자리에 서서 한 학기를 끝냈다는 사실이 새삼 감격스러웠다. 시간 강사 일을 시작한 지 10년째 되던 해, 학생이었을 때 꿈꿨던 자리에 선생님의 자격으로 서게 됐다.

첫 공채, '교원'이라는 신분

2019년 2학기, 강사법이 시행됐다. 오랜 시간을 거쳐 왔고, 많은 것이 바뀐 만큼 학교들도, 강사들도 우왕좌왕했다. 그런 와중에 드디어 공채 공고 시즌이 됐다. 이전에도 공채를 통해 강사 채용이 이뤄졌지만, 이렇게 국가 주도로 공채가 이뤄진 적은 처음이었다. 조건도 까다로워지고, 준비해야 할 것도 많아졌다.

나 역시도 여러 학교에 낼 지원서를 준비했다. 그런 와중에 예전부터 꼭 가고 싶었던 학교의 공채 공고를 봤다. 집에서도 가까울뿐더러 그 학교의 교양 교육은 늘 시범 사례로 꼽힐 만큼 탄탄한 기반을 갖는 곳이었다. 내가 될 수 있을까, 잠시 고민했지만, 언제나 그렇듯이 뒷일 생각하지 않고 일단 지원했다.

결과는 합격이었다! 학교에서 공채로 강사를 뽑게 되는 경우 좋은 점은 '교원' 신분이 주어진다는 것이다. 일단은 그렇다. 교원 신분을 얻었다고 해서 드라마틱하게 바뀌는 점은 없다. 연구실이 생긴다거나 방학에 임금이 나오는 등 어떤 방안이 제시되기는 했지만, 이를 한꺼번에 수용할 수 있는(혹은 수용하는) 학교는 없는 것 같다. 지금까지는 말이다. 다만 휴게실에 휴게 시설을 강화하고, 방학 후 2주간 임금을 주는 등의 방안이 논의되고 있다.

무엇보다 강사법 시행으로 달라진 점은 변수가 없으면 3년간 고용을 보장해야 한다는 조항이다. '변수가 없으면'이라는 조건이 붙지만, 한 번 강사직에 오르면 적어도 3년은 일방적으로 해고할 수 없다. 어떻게 해석하느냐에 따라 다르게 볼 수 있는 부분이다. 학교들은 강사가 아닌 초빙 교수, 객원 교수 등 강의만 하는 교수 직책을 만들어 대거 뽑기 시작했다. 이들은 강사가 아니기 때문에 3년 고용을 보장해야 할 필요가 없다. 물론 더 연장해 계약할 수도 있지만, 이 역시 보장된 바는 없다. 누군가는 이전에도 3년 이상 한 학교에서 강의했다고, 3년의 보장 기간이 좋은 것은 아니라고 말한다. 하지만 주장하는 바에 따라서는 언제 일방적 계약 종료로 강의 자리를 잃게 될지 모르는 강사들에게 3년이란 시간은 충분히 안정적 기간이라고 여기기도 한다.

그 법을 받아들이는 사람이 누구냐에 따라 입장이 달라질 수 있다. 그러나 분명한 건 강사법을 제정한 취지와는 또 다른 방식의 채용이 이뤄진다는 점이다. 여전히 과도기에 놓여 있기 때문에 지금 뭔가를 판단할 수 없지만, 많은 강사가 해고됐고 강좌 수가 줄었다는 건 사실이다.

오랜 시간 유예됐던 강사법이 시행되고 한 학기가 지났다. 한 학기가 끝날 즈음 다른 학교에서도 강사법에 대응하는 공채를 내고 있다. 방학을 맞은 강사들은 수십 군데에 지원서를 넣고 결과를 기다린다. 면접을 보거나 시강을 하기도 한다. 확실히 강사법이 시행되기 전과는 다른 풍경이다. 좋은 점도 없지 않다. 기존에 진입조차 어려웠던 강사들이 여러 학교에 지원할 길이 열림으로써 또 다른 길이 생겼다는 점이다. 아직 뭔가를 판단하기에는 이르다.

처음으로 교원의 신분을 받았지만, 시간 강사를 할 때와 달라진 점은 없다. 더 좋아진 점이 있다면 약간의 소속감 정도? 그럼에도 여전히 일주일 내내 목적지가 다른 학교로 운전대를 잡는다. 보따리를 들고 말이다.

앞으로 우리 강사들의 운명은 어떻게 될까.

왜 하필 오늘인데!

운전해서 서울에 가야 하는 날도 있지만, 대중교통을 이용하는 날도 있다. 학교 앞까지 한 번에 가는 버스가 있으면 좋으련만 최소 두 번 이상은 갈아타야 목적지에 다다를 수 있다. 일반적으로 광역버스를 타고 서울에 도착해 내려서 지하철을 타서 노선을 한 번 갈아타면 학교에 도착한다. 차 타고 갈 때보다 걸어가야 하는 거리가 멀지만, 버스를 타고 잠시라도 눈을 붙일 수 있다는 점은 좋다. 운전할 때 긴장을 많이 하는 내게는 더더욱 그렇다.

평소처럼 도착하고 강의를 마치고 집으로 오는 길이었다. 올 때와 마찬가지로 지하철을 갈아타고 버스를 타면 되지만, 복잡하더라도 택시를 잡아타고 광역버스 정류장까지 이동했다. 조금 늦어지면 아이 하원하는 유치원 버스를 놓칠 수도 있기 때문이다. 택시를 타고 이동하기에는 서울의 교통은 막히고 복잡했지만, 내가 가는 정류장까지는 많이 걸어야 했으므로 지하철까지 가고 갈아타는 시간을 합치면 택시가 조금 빨랐다.

택시는 좁은 길을 굽이굽이 지나 정류장에 다다랐다. 스마트폰으로 확인하니 5분 뒤면 버스가 올 터였다. 집까지 걸리는 시간을 넉넉하게 계산해도 충분히 여유로웠다. 길을 건너고 정류장에 진입했다.

그런데 뭔가 이상했다. 정류장에 사람이 너무 많은 것이다. 이 시간에 사람이 이렇게 많을 일인가? 고개를 갸웃하다 시간을 확인했다. 5분 가까운 시간이 지났다. 하지만 버스는 여전히 5분 뒤 도착. 뭐지?

그때 경찰 오토바이가 요란하게 길을 막고 승용차들이 하나둘 옆 골목으로 빠졌다. 호루라기 소리가 어지러운 가운데 신호가 바뀌어도 버스가 정류장으로 진입하지 않는다는 사실을 깨달았다. 어리둥절한 사람들의 어수선함 속에 저 멀리 꽹과리, 북소리가 들려왔다. 도로를 막아선 경찰들이 부지런히 수신호로 차들을 통제했다. 연두색 형광 조끼를 입은 사람들 무리가 도로를 점령했다.

이런 일이 일어나는 데 오랜 시간이 걸린 건 아니었다. 어디서 왔는지 도로는 순식간에 연두 물결을 이뤘고, 우리가 서있는 정류장 쪽에는 도로가 텅 비었다. 시위였다. 처음 겪는 일이라 당장은 어찌할 바를 몰라 조금 기다려보기로 했다. 경찰이 있으니 도로를 다시 재정비해주겠지, 얕은 희망이었다. 그런데 생각보다 쉽지 않았다. 사람들은 늘어났고, 버스들은 눈앞에서 회차했다. 다른 쪽 도로로 한 바퀴 돌아 진입하는 것 같았다. '아, 이거 안 되겠구나.' 라는 생각이 들었을 때 택시를 알아봤지만, 택시는 버스보다 오래 걸렸다. 강남 막히는 구간에서 버스전용차로가 아니라면 퇴근 시간이라 더 지체되는 것이었다. 아니, 이런저런 이유를 떠나서 택시 자체가 도로에 진입하지 못하는 상황이었다.

머리가 하얘졌다. 유치원 버스가 도착하기까지 시간은 아슬아슬했다. 엄마가 없다면 아이를 다시 유치원으로 데려가겠지만 혹은 유치원에 아이를 더 맡겨둘 수 있겠지만, 유치원이 문을 닫기 전에 도착할 수 있을지도 모를 상황이었다. 남편에게 급하게 연락했는데 회의 중이라 연락이 닿지 않았다. 주변에 아이 맡길 편한 집을 알아두지 않은 게 후회가 됐다. 가까워지는 꽹과리 소리에 신경질이 났다.

결론부터 말하자면 다행히 버스를 탔다. 시위 때문에 교통 통제로 다른 쪽에 있던 기사님의 차량이 오히려 일찍 진입하게 된 것이다. 기사님들끼리 무전을 하며 빨리 진입하는 길의 정보를 공유하는 것으로 보아 우려했던 것처럼 집에 돌아오지 못할 일이 발생할 것 같진 않았다. 하지만 점차 어두워져 가는 날씨에 발을 동동거리며 이러지도 저러지도 못했던 상황을 생각하면 아찔하다.

안도의 마음으로 버스에 앉았지만, 두근거리는 가슴이 진정되지 않았다. 아까 길에서 마주했던 시위대가 생각났다. 뭔가 간절하고 절실한 마음으로 시위하는 것이었겠지만, 그럼에도 그저 이런 상황을 만든 시위대에 짜증이 났다. 왜 하필 오늘인데! 그 짜증은 곧 내게로 이어졌다. 굳이 이렇게까지 어려운 상황을 만들면서까지 이 일을 계속해야 하는 것일까? 안정성이 보장되지도 않았다. 내가 없다고 학교가 돌아가지 않는 것도 아니다. 학생들에게는 금세 잊힐 것이 분명하고, 나는 스쳐 지나는 강사 중 한 명에 불과할 것이다. 아이는 이제 겨우 자신의 의견을 말할 수 있을 정도로 어리다. 그런데 그런 어린 아이를 두고 이렇게 불안한 일을 계속할 수 있는 것인지 회의가 들었다.

아이 엄마로서, 나는 이 일을 계속할 수 있을까?

엄마, 나 열나?

아침에 일어나면 아이의 이마를 짚어보는 것이 버릇이다.
그러면 아이도 묻는다. "엄마, 나 열나?"

겁이 많고 극성스러운 엄마인 나는 미세먼지가 안 좋거나
유행병이 돌 땐 키즈카페나 사람이 많이 모인 곳에 가지 않
는다. 미세먼지가 좋은 계절이 없고, 유행병이 돌지 않는 계
절이 없는 걸 생각하면 우리는 외출을 잘하지 않는 편에 속
한다.

아이가 말하기 시작하던 네 살, 이 시기의 아이는 사물을 보
고 인지하고 받아들이기 때문에 주말이면 어디든 나가 아
이에게 이것저것 체험할 수 있게 해주는 게 좋다. 그러나 나
는 한창 논문을 쓰고 있었기에 그리하지 못했다. 아이는 아
빠와 둘이 집에 있는 경우가 많았고, 멀리 나가더라도 놀이
터나 마트를 벗어나지 않았다. 그래도 아빠가 온몸으로 놀
아준 덕분인지 답답해하거나 외로워하지는 않았다. 문제는
면역력이었다.

자주 나가지 않았기에 아이의 면역력은 또래 친구들보다 낮은 것 같았다. 다섯 살이 돼 유치원에 입학하고 한 달 내내 꽉 채워 출석한 적이 없을 정도로 2주에 한 번씩 아팠다. 일주일에 하루, 이틀만 강의를 나갔을 때는 좀 덜했는데 일주일에 5일을 꽉 채워 나가기 시작하면서 부담이 커졌다. 열이 나는 아이를 유치원에 보낼 수 없었기에 열이 나는 기미가 보이면 친정이든 시댁이든 어머님들이 올라오셔야 했다.

문제는 갑작스레 열이 오를 때였다. 밤에 자기 전까지 괜찮았는데 자는 사이 열이 나는 경우가 가끔 있다. 아침 일찍 문을 여는 병원이 있기에 약을 받을 수는 있다 해도 열이 날 땐 유치원에 보낼 수 없었다. 긴급 도우미를 신청하거나 동네 아이 엄마의 전화번호도 받아뒀지만, 가족이 아닌 이들에게 아이를 맡길 생각하니 마음이 너무 어려웠다.

아이가 아프거나 집에 문제가 생길 때 연차를 낼 수 있는 직업이 너무 부러웠다. 휴강을 한 번 하면 보강 잡기가 어려운 대학 수업 특성상 가장 좋은 것은 휴강하지 않는 것이었다. 학생들이 내 수업만 듣는 것도 아니었고, 나 역시 그 학교만 나가는 것이 아니었다. 그런데 갑작스레 아이가 아플 때면 휴강이라도 해야 하나 고민에 휩싸였다. 아직까지는 급작스런 휴강은 없었지만, 이후 이런 일이 생기지 않을 것이란 보장이 없다.

일주일 중 이틀은 집에서 멀지 않은 곳에서 강의했던 학기였다. 나머지 3일은 멀리까지 나가야 했는데 불행 중 다행이라고, 가까운 곳에 강의가 있는 날 아침에 고열이 있는 것을 발견했다. 아침에 병원에 가서 진단을 받고 약을 받았다. 38도를 넘어 39도까지 열이 치솟자 아이 컨디션도 가라앉았다. 아이를 데리고 강의실에 가야 할 판이었다. 이러지도 저러지도 못할 때 유치원에서 전화가 왔다. 병원에 가느라 스쿨버스를 타지 못해 확인하는 전화였다.

"열이 나는데, 제가 일을 가야 해서요…." 기어 들어가는 목소리로 이야기하자 아이 담임선생님은 당연히 아이를 봐줄 수 있다면서 교실 한쪽에 이불을 펴놓고 쉬게 해줄 테니 유치원으로 데려오라고 했다. 다른 방법은 없었으므로 해열제를 먹이고 유치원에 데리고 갔다. 힘이 쭉 빠진 채 유치원 안으로 들어가는 아이의 뒷모습을 보니 가슴이 너무 먹먹했다. 학교까지 가는 차 안에서 눈물이 펑펑 쏟아졌다. 정교수가 될 것도 아니라면 이 생활을 계속 이어가야 할까, 회의감이 들었다. 정년을 보장받을 수도, 함부로 휴강할 수도 없는 이 직업이 아이 엄마에게 가당키나 할까, 오만가지 생각이 다 들었다. 단 한 번뿐인 아이의 소중한 어린 시절을 내가 갉아먹는 기분이었다.

수업을 끝내고 부랴부랴 아이를 데리러 갔다. 해열제를 먹고 기운을 차렸는지, 신나게 잘 놀았다고 걱정하지 말라는 말을 들었다. 아침에 내 표정이 너무 안 좋았는지 담임선생 님은 맞벌이 가정에서 종종 있는 경우라며 나를 위로해줬 다. 또 눈물이 쏟아질 것 같아 울상이었다.

"어머님이 선생님이라고 아이가 엄청 자랑해요. 알고 계시 죠?" 아이는 엄마가 데리러 와서 좋다며 춤을 추고 야단이 었다. 힘없이 누워 울고만 있을 것이라고 생각했는데 내 생 각보다 아이는 강했다. 해준 것도 없는데 언제 이만큼 자랐 지, 생각하자 또 울컥했다. 엄마가 선생님이라는 것을 깊게 생각하지 않을 것이라고 생각했는데 그런 아이가 유치원 담 임선생님에게 내 자랑을 했다는 것이다.

누구에게나 내 직업을 이야기할 때 우물쭈물하게 되는 것 은 선생님이라고 말하기 어색하기 때문이다. 선생님이라고 하면 초중고등학교를 생각하고는 누구를 가르치냐고 다시 되묻는다. 대학생들을 가르친다고 하면, 그럼 교수님이냐고 또 묻는다. 손사래를 치며, 아니라고 강사라고 말한다. 직업 을 묻는 자리에서 흔하게 일어나는 일이다.

그런데 아이에게 무어라 설명해야 할지 몰라 선생님이라고 한 적이 있다. 엄마는 회사에 가는 것이 아니라 학교에 가는 것이고, 형이나 누나를 가르치는 일을 한다고 했다. 유치원 담임선생님 이름을 이야기하며, 엄마도 그런 선생님이냐고 물었다. 그렇다고 했다. 그게 자랑스러웠던 모양이다.

내 꿈이 나로 충만해지는 것도 중요하지만, 누군가가 내 꿈을 자랑스러워해 준다는 것도 행복한 일이라는 사실을 알게 됐다. 아이가 자랑스러워하는 엄마. 나는 또다시 꿈을 꾼다. 내가 꾸던 꿈에 아이의 꿈이 더해졌다. 어렵고 힘든 시간이 계속되겠지만, 나는 아마 그만두지 않을 것이다.

드디어 내 책이!

나는 사람들에게 이 이야기를 하는 것을 좋아한다. 얼마나 좋아하냐면 이 이야기를 할 생각만 해도 입꼬리가 춤을 춘다. 주체가 안 된다. 이야기를 듣는 사람들이 이를 궁금해할 거란 자신은 없지만, 나 자신은 너무나 큰 우연에 필연을 더한 인연이라고 생각하기 때문에 영웅담 늘어놓듯 이야기를 이어간다. 내 자랑이라고 생각할 수도 있지만, 개의치 않는다. 자랑이 맞기 때문이다!

박사 학위 심사가 있는 날이었다. 그리고 논문을 심사해주신 교수님 중 한 분의 책이 세상에 나왔다. 오전에는 논문 심사를 했고, 늦은 오후에는 책 출판 축하 겸 연말 모임 겸 출판기념회가 열렸다. 무려 4년 만의 출간, 교수님의 열혈 독자였던 나도 기다리던 책이었기에 당연히 참여했다.

교수님은 오랜 제자였던 나를 참여한 사람들에게 소개했다. 친근한 분위기 속에서 출판기념회가 시작됐다. 당일 논문 심사가 있어서 그랬는지, 교수님은 출판된 책을 이야기하는 중에도 내 논문에 대해 몇 번 언급하셨다. 감사하게도 좋았던 내용 위주로 설명해주셨고, 몸 둘 바 모르는 몇 번의 상황이 지난 후 출판기념회는 끝이 났다.

그저 출판기념회에 참석한 것뿐이었는데 그 자리를 통해 많은 일이 있었다. 교수님의 말을 놓치지 않고 귀에 담은 출판사 대표님을 알게 됐다. SNS를 통해 인사를 나눈 출판사 대표님은 내게 논문을 한 번 보고 싶다고 말하셨다. 당연히 예의상 하는 말인 줄 알고, 다음 만남에 빈손으로 나간 내게 대표님은 다시 한 번 논문을 보고 싶다고 하셨다.

"아, 정말요? 저는 짐만 될 줄 알고 가지고 오지 않았는데…." 어버버버 대답도 잘 못 하고 집으로 온 뒤에 옷도 갈아입지 않고 컴퓨터 앞에 앉았다. 그리고 부지런히 논문 파일을 그러모아 대표님께 전송했다. 논문 심사를 받기 전처럼 심장이 두근거렸다. '혹시, 정말 잘돼 책으로 낼 수 있다면?' 생각하면서도, '에이, 그럴 리가. 아직 제대로 시작하지도 않은 나한테 뭐 볼 게 있다고.' 라며 들뜬 마음을 진정하기도 했다. 기대가 너무 크면 실망도 큰 법이었다. 크게 기대하지 말자고 속으로 다짐했건만, 검토해보고 연락주시겠단 대표님의 연락만 오매불망 기다렸다.

"이 내용으로 책을 써보면 어떨까요? 너무 어렵지 않은, 대중서로 말이에요." 듣고도 귀를 의심했다. 내가 쓴 논문이 책이 돼 세상에 나올 수 있다니! 여러 이야기를 나눈 결과 더 쉽고 친근하게 다가가기 위해 강의록 형태로 써보기로 했다. 논문 기반으로 한 책이지만, 형식이 바뀌었으니 처음부터 다시 써야 했다. 그럼에도 크게 힘들지 않아 예상했던 시간보다 훨씬 더 빨리 원고를 마쳤다. 혹시 글을 보고 실망하시면 어쩌지, 고민에 고민을 거듭하느라 밤이 깊어가는 줄 모르고 글을 쓰고 다시 읽고 고치기를 반복했다. 드디어 공들여 쓴 초고를 전송하고, 얼마 뒤 종로에서 만나기로 약속을 잡았다. 휴대폰 메인에는 D데이까지 설정해뒀다. 이러저러하게 계약하자고 이야기를 나눴는데 실제로 만나 도장을 찍기 전까진 기대를 버리자고 다짐했다. 기대가 큰 만큼 그것을 잃을까 두려움도 커졌다.

서점을 가거나 도서관을 가면 저 많은 책 중에 왜 내 책 하나 없을까, 늘 아쉬웠다. 언제쯤 내 이름이 적힌 책을 가질 수 있을까, 생각하면서도 고개를 휘휘 저었다. 내공을 더 쌓고, 부족한 점이 어느 정도 보완이 되면 자연스럽게 기회가 생기지 않을까 속으로 삼키는 날들이었다.

그런데 책을 출판할 수도 있는 기회가 눈앞에 온 것이다. 대표님을 만나러 가기 전날 밤에는 잠도 오지 않았다. 혹시 마음에 안 드시면 어쩌지? 그래, 책 나오는 게 쉽지 않을 거야.

혼자 이랬다 저랬다 하는 마음을 다독이며 꼬박 밤을 샜다.

다음 날, 예정된 시간보다 일찍 도착해 한참을 서성였다. 대표님은 그런 내 걱정과는 달리 너무나 해맑은 웃음을 지으며 계약서를 내밀었다. 아직 책 한 권도 세상에 나온 적 없는 나를 어떻게 믿고 이렇게 계약을 진행하시는지, 실망시키고 싶지 않다는 생각이 들었다.

그리고 2019년 11월 11일. 드디어 내 이름이 적힌 내 책이 세상에 나왔다. 초록색 바탕에 분홍색 금장 글씨가 반짝이는 예쁜 책이었다. 『문학이 미술에 머물던 시대』. 대표님이 지어주신 제목은 사람들에게 호응이 좋았다. 처음 공부해야겠다고 마음먹은 후부터 지금까지 하고 싶었던 이야기를 담은 책이었다. 책 내용으로 출강하는 학교에서 특강도 진행할 수 있었다. 내가 좋아하는 것을 가르치는 일, 여전히 꿈결 속에 있는 것 같다.

편안함에 안주할 수 있는 기회는 몇 번 있었다. 굳이 이렇게까지 힘들게 하지 않아도 되는 상황이기도 했다. 그럼에도 끝까지 했기에 내게 또 다른 기회가 찾아온 것이라 생각한다. 우리는 하필 그 자리에서 만났고, 그 자리에 참여하기 위해 많은 일이 있었다. 다른 장점보다 성실함이 주 무기였던 과거의 나를 이제와 칭찬할 수 있게 됐다.

선물 같은 시간

초코파이 하나를 받았다. 가을에서 겨울로 넘어가는 즈음이다. 날은 차가웠지만, 적당히 기분 좋을 만큼의 추위였다. 바람이 강하게 불지 않았으므로 나는 따뜻한 커피 한 모금을 마셨을 때의 그 따뜻함을 생각하며 발걸음을 종종거렸다. 강의하는 건물 바로 앞에 차를 세우고 싶었지만, 만차였다. 결국 조금 먼 곳에 차를 세웠다.

가을이 깊었다. 이제 겨울이라고 해도 좋을 것 같다. 늦가을과 초겨울 그 경계에서 가장 좋은 순간은 두툼한 옷을 입은 학생들이 가을의 낙엽을 사그락거리며 밟고 지나가는 풍경을 마주하는 것이다. 건조하게 바짝 마른 낙엽은 곧 바스락 사라졌다. 쌓인 눈을 굳이 밟고 지나는 어린아이들처럼 학생들은 쌓인 낙엽을 밟고 지나간다. 그 모습이 천진난만해서 그 뒷모습을 보는 것이 그렇게 좋다.

학생들에게 나눠 줄 프린트물을 들고 수업에 들어갔다. 지난주부터 글쓰기의 주제는 '사회'를 향했다. 비판적 시선으로 사회를 바라보는 것이 지난 시간의 주제였다면, 이번 주에는 '내가 바라는 사회'를 쓰는 것이었다. 비판적 내용을 한 번 다루었기에 이번에는 교재에서 제시하는 '선물'이라는 키워드에 집중하고자 했다. 내게 선물 같았던 영화나 소설, 내가 누군가에게 선물 같았던 순간, 내가 바라는 선물 같은 세상.

학생들을 전공으로 나눠 분류하고 싶지 않지만, 확실히 이 공계와 체육계 학생들은 과묵하다. 예술계 학생들은 극과 극인데 주변에 이공계와 체육계 학생이 많을 땐 함께 침묵하는 경우가 많다. 이 시간에 만나는 학생들은 이공계+체육계+예술계였기에 매 시간 조용한 편이었다. 좀 더 큰 리액션을 원한다고 매주 잔소리를 늘어놓지만, 사실 그런 것이 필요 없는 아이들이기도 하다. 무심한 표정과 달리 글에는 애정이 넘쳐나기 때문이다.

이번 시간에도 역시 마찬가지로 조용하고 과묵하다. 앞에서 큰소리로 농담하고 손짓, 발짓 써가며 말하다 보면 학생들 앞에서 재롱을 부리는 느낌이 들 때도 있다. '누군가에게 내가 선물 같았던 순간'을 써야 하는 부분에는 별표를 표시하라고 일러뒀다. 왠지 학생들의 활동을 점수로 연결하는 것 같아 그다지 좋은 방법은 아니라고 생각하지만, 이렇게 말하면 놀랍게도 학생들은 그 부분을 조금 더 신경 써서 쓴

다. 약간의 꼼수다.

이 학교에서의 글쓰기 수업이 즐거운 이유 중 하나는 학생들의 자존감을 높여주는 주제가 많다는 것이다. 학교 대표로 뽑혔다고 가정하고 쓰는 '졸업생 대표 연설문'. 한없이 자랑할 수 있도록 판을 깔아주는 '내 생애 가장 빛나는 순간'. 쭈뼛거리고 주저하던 학생들도 판을 깔아주고, 마음껏 자랑하라고 이야기하면 (심지어 그것이 성적에까지 반영되면) 어릴 때부터 숨겨뒀던 자신감을 꺼내게 한다. 이번 시간도 그랬다. 자신이 누군가에게 선물이 됐던 순간을 떠올리는 일, 그리고 그것을 글자로 적는 일, 얼마나 신나고 행복한 일인가.

약간의 시간을 주면 학생들은 부지런히 글을 적는다. 글을 적고 난 뒤에는 조원들의 이야기를 들어 준다. 상대의 글에 공감하기도 하고, 칭찬하기도 하면서. 이 시간의 금기는 비판이다. 최대한 좋은 점을 찾아주려는 것이 이 수업의 목표이기도 하다.

내 수업 때는 침묵을 지키던 학생들이 조원들과 이야기를 시작하자마자 재잘재잘 말도 많다. 때에 따라 조금 일찍 끝내고 지루해하는 학생들이 있기는 하지만, 대부분은 시간을 차고 넘치게 많은 이야기를 나눈다. 그 아이들이 글과 말을 통해 쏟아내는 내용이 궁금해 가까이 가면 아이들을 말을 잠시 멈추고는 멋쩍게 웃는다. 그게 내심 서운하기도 하지만, 또 좋다. 또래끼리 나누고 싶은 이야기가 있을 것이라고 생각한다.

느린 듯 빠르게 시간이 지나고 학생들은 자신들이 썼던 글을 제출하고는 강의실을 빠져나갔다. 나는 보통 마지막까지 남아 활동지를 정리한다. 가방을 싼 뒤에 불을 끄고 밖으로 나온다. 그런데 한 학생이 확인할 게 있는지 다가왔다.

"출석 좀 확인해보고 싶어서요." 눈이 마주치자 학생이 답했다. 질병으로 한 번 결석한 적이 있는데 날짜를 확인하고 싶어 했다. 출석부를 펼치고 결석 날짜를 알려줬다. 평소 수업에 열심히 참여했기에 감점이 아쉬워 그런가 보다 했다. 그런데 이 녀석이 안 가고 쭈뼛거린다.

"응? 무슨 더 할 말 있어요?", "교수님, 교수님 수업이 제게 선물이에요. 다음 학기에 교수님 수업에서 만나자고 조원들이랑 약속했어요. 감사해요." 그리고 내게 초코파이 하나를 건넸다.

강사가 된 지 10년. 누군가에게 내가 '선물'이었던 순간이 있을까, 그런 생각을 하며 쓰는 글은 얼마나 신나고 행복할까. 학생들에게 준 과제였는데 내게 그런 신나고 행복한 글을 쓸 수 있게 만들어줬다.

너희를 만난 것이 내게 얼마나 큰 선물이고 행운인지, 너희가 알까. 말로 할 필요 없이, 종강까지 얼마 안 남은 지금, 열과 성을 다한 강의로 표현해야겠다.

그래도 보따리 강사로 산다

"제 체질이 아닌가 봐요." 2019년, 시간 강사로 대학 강단에 선 지 10년이 됐다. 학원 강사를 했던 기간까지 합하면 15년에 가까운 시간을 학생들 앞에 섰다. 더 긴 경력의 선생님들 앞에선 짧다면 짧은 시간이기도 하지만, 10년간 한 분야를 파면 전문가가 된다는 말이 있을 정도로 긴 시간이기도 하다. 그러나 그런 말이 무색하게 나는 여전히 어렵다.

특히 첫 강의 직전의 나는 온몸이 차가워질 정도로 긴장한다. 특강 같은 단발성 강의는 더 심하다. 손에서 땀이 뚝뚝 흐르고, 음식도 안 먹힌다. 전날 잠이 안 오는 것도 포함, 화장실까지 수없이 들락거린다. 그리고 생각한다. '아, 수업하기 싫다.'

유별나게 힘든 학생을 만난 것도 아니었다. 다만 몸이 너무 힘들 뿐이다. 강의에 들어가기 전에는 긴장으로 음식을 먹지 못해 커피로 연명했고, 강의가 끝나면 긴장이 풀려 폭식으로 이어졌다. 위장에 좋을 리 없다. 강의 전날에는 잠도 잘 못 자서 여기저기가 고장 났다. 이번 학기에는 인후염과 안구염증으로 항생제를 한참 먹어야 했다. 시간을 쪼개 병원에 가야 하는 것 자체가 스트레스가 될 정도로 여러 병원을 전전했다. 기말 고사 기간에는 장염에 시달렸다.

좋아하는 스타일의 옷도 못 입은 지 꽤 됐다. 강의에 어울리는 옷을 입는다기보다 내 신체 결함을 가리는 옷 위주로 입었다. 누군가의 시선을 받는 것이 부담스러워 최대한 결점이 안 보이게 숨기다 보니 이제는 내가 좋아하는 스타일의 옷을 입는 것 자체가 어색해졌다. 그저 긴 블라우스에 적당한 바지를 고르는 게 쇼핑의 일상이 됐다.

문제는 이 스트레스를 스스로 만든다는 것이다. 뭐든 '적당히'가 없었던 결과다. 즉흥적 임기응변에 취약하므로 예상치 못한 질문에 제대로 답해주지 못하거나 준비한 내용을 이야기하지 못하고 강의실을 나설 땐 극도의 스트레스를 받는다. 미간에 주름이 잡힌다. 도저히 생각을 떨쳐낼 수가 없어 이 주름은 그날 하루가 다 끝나도록 풀리지 않는다. '그럴 수도 있지.' 모든 문제를 푸는 마법 같은 이 말을 중얼거려도 쉽게 풀리지 않는다. 학생들의 반응이 혹은 강의에서의 실수가 내 삶을 '너무' 지배한다.

최근 마음을 털어놓을 수 있는 선배에게 이런 이야기를 한 적이 있다. "제 체질이 아닌가 봐요." 강사가 내 적성이 아니면 어떻게 해야 하는지가 입 밖으로 나온 것이다. 나 자신을 이렇게 괴롭히면서까지 이어가야 하는 것인지를 모르겠다. 그러자 오랜 시간 나를 봐온 선배가 이렇게 답했다. "그래도 계속할 걸? 좋아하는 일이잖아."

나는 답을 알고 있었는지도 모르겠다. 세상에 힘들지 않은 일은 없다. 게다가 좋아하는 일이라면 그 힘든 것을 감수하고라도 계속하는 것이 맞다. 나는 그저 투정을 부리고 싶었던 것이다. 그런 내 의도를 파악한 것 같은 선배님의 대답에 왠지 모르게 내 속마음이 들킨 것 같아 부끄러워졌다. 그래도 넌 잘하고 있고, 앞으로도 할 거라는, 그 말이 듣고 싶었던 것이다.

스트레스를 받아 어떨 땐 잠도 못 자고, 밥도 못 먹고, 몸이 아프기도 하지만, 나는 계속해 이 일을 할 것이다. 답은 너무나 단순하다. 좋아하는 일이기 때문이다. 힘든 일보다 즐거운 순간이 더 많으므로 이 일을 그만둘 수 없을 것이다.

역시 나는 보따리 강사로 살아야겠다.

(기혼인)
시간 강사 강 씨의 하루 2 (feat. 붕붕이)

* 지방에 거주하며 서울에서 강의하는 시간 강사의 하루를 간접 체험해보자.

* 주의 : 사람, 학교, 강의마다 상황이 다를 수 있음.

07:20 기상

알람 시계는 7시 20분으로 맞춰 두지만, 알람이 울릴 때까지 자본 적은 없다. 다섯 살 아이는 새벽이 오는 소리에 눈을 뜬다. 엄마와 아빠는 듣지 못하는 그 소리를 듣는다. 어떻게든 시간을 끌어보려고 뭉개 보지만, 결국에는 일어나고 만다.

07:40 아빠 출근, 아이 아침

머리를 감고 커피 물을 끓이며 아이가 먹을 아침을 준비하고 있으면 아빠는 출근한다. 아이는 쪼르르 달려나가 "배꼽 손 인사, 안녕히 다녀오세요!"를 우렁차게 외친다. 아빠는 회사에서 아침을 해결한다. 참 감사한(?) 일이다. 단백질 한 종류, 채소 한 종류, 동치미 김치를 준비해 식판에 담아낸다. 아이는 매번 치킨 너겟을 원하지만, 일주일에 두어 번만 허용하는 편이다. 보통은 생선과 소고기, 돼지고기 등으로 단백질을 보충한다. 아이가 일찍 일어나는 편이라 아침도 꼭꼭 챙겨 먹는 편이다.

08:20 출근과 등원 준비

전날 입을 옷을 다 준비해 둔 경우, 다음의 순서만 따라가면 된다. (아침 커피를 마시고 아이 밥을 먹이며) ① 내 옷을 입는다. (거실을 돌아다니는 아이를 불러 밥을 먹이며) ② 화장한다. (소파에서 뛰는 아이를 잡아 와서 밥을 먹이며)

③ 유치원 가방을 확인한다. (거실을 굴러다니는 아이를 자리에 앉혀 밥을 다 먹이면) ④ 비타민 D와 아연을 먹인다. ⑤ 등원할 옷을 입힌다. ⑥ 치치(양치)를 시킨다. ⑦ 입 주변 흄터에 연고를 발라준다. ⑧ 나도 양치한다. ⑨ 겉옷을 입히고 때에 따라 마스크나 우산 등을 챙긴다.

09:05 등원

정신없는 시간을 보낸 뒤에는 가스레인지와 전원 스위치 등을 점검하고 엘리베이터를 탄다. 버스는 아파트 단지 바로 앞에 서지만, 고층에 살고 있어 버스 오는 시간보다 조금 일찍 나가 있어야 한다. 한 번은 조금 여유 부리며 나갔다가 이사 오는 집과 겹쳐 엘리베이터를 기다리느라 진땀을 뺐다. 유치원 버스는 12분이 되면 뒤도 돌아보지 않고 출발하기 때문에 시간을 맞추기 위해서는 무슨 일이 있어도 5분에 출발해야 한다.

09:12 출근

유치원 버스가 사라질 때까지 손을 흔들어주지 않으면 토라지므로 열심히 손을 흔든다. 그리고 버스가 출발하면 서둘러 차에 올라탄다. 수업 시간은 모두 아이를 등원시키고 난 뒤로 맞춘다. 서울까지 거리가 있으므로 시간을 넉넉하게 잡는다. 가방은 여전히 보따리 수준으로 많은 것이 들어 있지만, 결혼 전과 달라진 점이 있다면 차에 이것저것 짐을 두고 다닐 수 있다는 점이다. 예를 들어 화장품을 넣은 파우치와 신발, 걷은 과제 등은 조수석에 두고 내릴 수 있다. (그런데도 이상하게 가방 속 짐은 늘 꽉 찬다.)

10:00 고속도로

고속도로⋯ 막히는 고속도로⋯ 한강이 보이는 대교⋯ 막히는 구간⋯ 막히는 구간⋯ 학교 도착.

11:00 학교 주차장

(학교마다 차이가 크지만) 주차장은 유료로 이용한다. 한 달 이용권을 끊을 때와 넉 달 이용권을 끊을 때 가격 차이가 있는가 보지만, 그런 건 존재하지 않는다. 이 학교는 일주일에 두 번 나오니 한 번 올 때마다 얼마의 주차비가 나가는지 계산해본다. 톨게이트 비용도 계산해보고, 기름값도 계산해본다. 그러다 그만둔다. '이렇게 쓰니 차라리 집에 있는 게 낫겠는데?' 라고 생각하는 순간 힘들기 때문이다.

11:55 레디

주차장에 차를 댔다는 차이점이 있을 뿐 과정은 같다. 각 건물에 있는 강사 휴게실에 들어서면 이미 도착해 책을 보고 있는 다른 강사 선생님들과 마주친다. 간단한 쿠키나 김밥을 먹고, 양치하고, 화장실을 다녀온 뒤 대기한다. 이 정도면 정각에 도착하겠다 싶은 시간에 출발한다. 자리에 짐을 두고 다녀올 수 없기에 가방을 이고 지고 나선다.

12:00 고! 여전히 사랑과 열정을 그대들에게
10년 차 강사지만, 여전히 사랑을 갈구하기에 열정을 다 바쳐 강의한다. 그러나 요즘에는 교수자의 일방적 수업보다 토론과 토의가 이뤄지는 것을 원하기에 말을 하는 시간이 많이 줄어들었다. 학생들의 자기 주도 학습이 중요하다.

13:15 수업 끝, 커피 한 잔의 시간
다음 수업은 14:00. 이 텀을 기준으로 잠시 커피 한 잔을 마시며 시간을 다독인다. 수업이 끝나면 바로 또 운전 모드에 들어가기 때문에 쉴 수 있을 때 최대한 쉬어야 한다. 움직이지 않고 최대한 에너지를 충전하는 것이 중요하다.

13:55 레디
수업에 들어간다. 이하 동문.

15:15 집으로 출발
고속도로… 막히는 고속도로… 한강이 보이는 대교… 막히는 구간… 막히는 구간… 집 도착.

17:15 하원 맞이
보통 집 주차장에 차를 대고, 집에 올라가서 짐을 내려놓으면 바로 아이 하원 시간이 된다. 시간을 놓치면 안 되므로 부랴부랴 챙겨 내려간다. 아이는 기대에 가득 찬 눈빛으로 유치원 버스에서 내린다. 슈퍼에 가네 마네 한동안의 승강이를 하다 집에 돌아온다. 현관문 안으로 들어오면 아이의 손과 얼굴을 씻기고, 저녁 준비를 한다. 주말에 미리 적은 양으로 나눠 얼려둔 불고기나 에어프라이기로 조리할 수 있는 음식 위주로 밥을 차린다. 아이 아빠는 오늘도 저녁까지 회사에서 해결하고 올 것이기 때문에 저녁은 아이와 나만 먹으면 된다.

19:00 취침 준비

푸닥거리며 밥을 먹이고, 씻기고, 텔레비전도 보고, 스티커 놀이도 하다가 씻긴다. 욕조에 들어가서 놀겠다는 것을 주말에 하자고 약속한 뒤에 나와 로션을 바르고 옷을 입힌다. 그리고 과일이나 요플레 등의 간식을 먹인다. 온 집안의 불을 나 <u>끄고</u> 이제 삼자리에 들어야 한다는 분위기를 조성한다. 더 놀고 싶다는 아이를 달래 양치를 시키고 책을 두어 권 읽히면서 재운다. 시간은 8시에서 9시 사이. 아이가 잠들면 문을 살짝 열고 나온다.

21:00 수업 준비 시작

이제 조금 있으면 아이 아빠가 퇴근한다. 퇴근 기다릴 새 없이 수업 준비를 시작한다. 당장 내일 수업 준비도 완벽하게 되지 않은 경우가 많으므로 이 시간을 적극 활용해야 한다. 늦은 1시나 2시까지 이어지는 매일의 새벽. 간혹 퇴근 후 맥주 한 잔 마시는 아이 아빠와 야식을 먹기도 하지만, 대부분은 컴퓨터 앞에서 시간을 보낸다. 기진맥진한 상태로 침대에 오른다.

○ 에필로그

어떤 직업이든 그 분야의 '최정상'이 있게 마련이다. 요리를 오래하면 언젠가는 주방장이 되고 명장이 될 수 있는 것처럼 한 분야의 일에 오래 종사하며 덕을 쌓으면 최고가 될 수 있는 것이다.

그런데 시간 강사는 그렇지 않다. 시간 강사의 성공한 경우는 무엇일까? 고민 없이 '교수'를 말할 것이다. 사람들에게 시간 강사로 대학에서 강의한다고 하면 교수가 꿈인 것이냐고 묻는다. 어쩔 땐 그렇다고 말하기도 하고, 또 어쩔 땐 감히 어떻게 그런 꿈을 꾸겠냐고 답하기도 한다. 사실 이제는 나도 헷갈린다. 이 직업으로 내가 원하는 것은 무엇일까?

전업 시간 강사로 최고의 위치에 오를 수 없다. 왜냐면 시간 강사는 안정적이지 않기 때문이다. 그러니까 시간 강사로 있다는 건 교수가 되는 스치는 과정의 하나라는 것이다. 이런 말이 있다. 모든 시간 강사가 교수가 되는 건 아니지만, 교수가 된 사람 중에 시간 강사가 아니었던 경우는 없다.

뭐, 분야에 따라 시간 강사 경력 없이 교수가 된 소수의 경우가 존재할지도 모르겠다. 어쨌든 일반적으로 시간 강사는 교수가 되는 과정으로 여겨졌고, 지금도 그렇다. 그래서 교수가 되지 못한 경우 포기 혹은 실패라는 단어를 사용한다.

2019년 2학기, 강사법이 시행됐다. 교수의 갑질에 자살한 시간 강사 사건을 계기로 오랫동안 싸우고 투쟁한 결과다. 그런데 그 '투쟁'이라는 이름을 붙이기에는 얻어낸 결과가 만족스럽지 않다. 교원의 지위를 준다고 하지만, 사실상 달라진 것이 없기 때문이다. 3년 채용 보장을 준다고 하는데 "3년간 해고당하지 않게 해주셔서 감사합니다." 라고 인사해야 하는가. 생각하면 입안이 씁쓸해진다.

연구와 교육을 조화롭게 이뤄낼 수 있을까. 연구 실적이 뛰어나도 강의력이 부족할 수도 있는 것이며, 강의력은 뛰어난데 연구에 대한 재능이 없을 수도 있다. 둘 다 갖춘다면 그것만큼 좋은 일은 없겠지만 말이다. 보따리를 들고 여러 학교에 전전하고, 자주 바뀌는 과목에 적응해야 하며, 방학에는 또 다른 일로 생활비를 벌어야 한다. 시간당 버는 돈으로 쳤을 때 결코 낮은 수준의 일은 아니지만, 연봉으로 계산하면 또 말이 달라진다. 가방 끈이 기니까 더 많이 받아야 한다는 의미가 아니다. 고학력에 이르기 위한 시간과 돈의 비용을 차치하고라도 방학 때 벌지 못하는 점과 차비나 식대 혹은 다른 복지가 전혀 주어지지 않는다는 점까지 포함해 본다면 1년간 벌어들이는 수입이 적거나 불안정하다.

물론 너무 많은 박사가 배출됐고, 대학과 학생 수는 줄어들고 있기 때문에 강사의 수가 많은 것도 사실이다. 기존의 교수들처럼 대우해줄 수 없다는 것도 그렇다. 그럼에도 여전히 많은 학생이 강사들에게 교육받고, 학교를 이끌어가고 있다. 대학 교육의 역사 속에서 과도기를 겪고 있는 지금의 이 혼란이 더 나은 방향으로 나아가기 위한 것이라고 믿는 수밖에 없다.

불안정함과 어려움, 이 모든 것이 뚜렷한데도 나는 여전히 보따리 강사로 산다. 그리고 살 것이다. 보따리를 내려놓고 한 곳에서 강의에만 집중할 수 있게 될 날이 온다면 물론 마다하지 않겠지만, 그렇지 않더라도 어떠하랴! 나는 이 일을 계속할 것이다.

산다 | 보따리 강사
피고 지고 꿈

초판 1쇄 발행 2020년 6월 15일

지은이   강정화

편집   김유정
디자인   문유진

펴낸이   김유정
펴낸곳   yeondoo
등록   2017년 5월 22일 제300-2017-69호
주소   서울시 종로구 부암동 208-13
팩스   02-6338-7580
메일   11lily@daum.net

ISBN   979-11-970201-0-0 03810

이 도서의 국립중앙도서관 출판예정도서목록(CIP)은 서지정보유통
지원시스템 홈페이지(http://seoji.nl.go.kr)와 국가자료공동목록시
스템(http://www.nl.go.kr/kolisnet)에서 이용하실 수 있습니다.
(CIP제어번호:CIP2020021209)

이 도서는 한국출판문화산업진흥원의 '2020년 우수출판콘텐츠 제작
지원' 사업 선정작입니다.